PUPILA DE ÁGUILA

ALFREDO GÓMEZ CERDÁ

www.literaturasm.com

Primera edición: junio 1989
Trigésima séptima edición: diciembre 2011

Dirección editorial: Elsa Aguiar
Fotografía de cubierta: AGE FOTOSTOCK

Impresores, 2
Urbanización Prado del Espino
28660 Boadilla del Monte (Madrid)
www.grupo-sm.com

ATENCIÓN AL CLIENTE
Tel.: 902 121 323
Fax: 902 241 222
e-mail: clientes@grupo-sm.com

ISBN: 978-84-348-2764-6
Depósito legal: M-48938-2009
Impreso en la UE / *Printed in EU*

A Charo,
todas y cada una
de las palabras
de este libro.

«Un pajarillo vino llorando, lo quise consolar, toqué sus ojos con mi pañuelo: pupila de águila, pupila de águila.»

VIOLETA PARRA

1

MARTINA giró despacio el pomo de la puerta y empujó con suavidad. Asomó la cabeza y miró a un lado y a otro del pasillo. Las visitas se habían marchado y el silencio era casi total. Arrastró su pierna hacia el exterior, apoyándose en el quicio de madera. Sintió un leve pinchazo en el tobillo y no pudo contener una exclamación de dolor.

—Quejica —se burló Clara, la joven enfermera que la había atendido después de la operación y que en ese momento atravesaba el pasillo con un montón de carpetas en la mano.

—Si te doliese a ti... —se lamentó Martina.

—¿Te ayudo?

—No, gracias. Ya puedo moverme sola. No soy una inválida. Si quieres, hasta te llevo alguna carpeta.

—¡Qué valiente!

—El doctor Fernández me ha dicho que ande. Quiero que mañana me dé de alta.

—¡Qué ganas tienes de perderme de vista!

—A ti no. Eres... la mejor enfermera del mundo.

Clara rió con ganas. Le dio unas cuantas carpetas y la cogió del brazo.

—Tú, no es que seas la mejor paciente del mundo, pero... se te puede soportar.

—Estoy deseando volver a la calle. Sentir de nuevo el aire contaminado, el ruido... No sé, esas cosas.

—Pero si sólo llevas tres días aquí...

—¡Tres días! ¡Una eternidad!

—¡Exagerada! ¿Se han ido tus padres ya?

—En este momento estarán sacando los billetes para el expreso de esta noche.

—¿Se vuelven al pueblo?

—Mi madre quería quedarse unos días más, pero no la he dejado.

—¡Qué mala eres!

—Mis hermanos están solos en el pueblo y yo estoy bien. Podría hasta bailar.

—¡Hala!

—¿Que no?

Martina se volvió de pronto hacia un lado y dejó sobre una mesita las carpetas que llevaba; a continuación tomó a la enfermera por la cintura y, con la pierna a rastras, inició unos pasos de baile.

—¿Te gusta el vals, o prefieres un *rock and roll*?

—¡Suéltame! —Clara no podía contener la risa—. No seas loca, te vas a hacer daño.

—*El Danubio azul* —continuó Martina—. «La-la-la-la-lá, la-lá, la-lá...»

De pronto, la última puerta del pasillo, la que dividía los dos pabellones, se entreabrió y por la rendija asomó un rostro anguloso, con unas gafas milagrosamente sujetas en la punta de una nariz descomunal.

—¡Ejem! —carraspeó el rostro anguloso—. ¿Qué sucede aquí?

Clara se separó al momento de Martina, sujetándola siempre del brazo por miedo a que pudiera perder el equilibrio.

—Disculpe, doctor Serrano, es que...

Y aunque lo intentó, adoptando extrañas posturas, no consiguió sujetar las carpetas, que cayeron al suelo con estrépito.

El rostro anguloso abrió unos ojos como platos. Martina se dirigió a él.

—El doctor Fernández me ha dicho que ande. Es parte de mi rehabilitación. Clara me estaba ayudando.

El rostro anguloso volvió a carraspear y desapareció tras la puerta, que volvió a cerrarse lentamente.

Clara arrimó a Martina a la pared.

—Apóyate, no te muevas.

Luego, se agachó y comenzó a recoger las carpetas con rapidez.

—Acabarán echándome del hospital —se quejaba la enfermera.

—A ti no pueden echarte del hospital.

—¿Ah, no? Tú no conoces al doctor Serrano. Es un chinche. Además, no soy fija todavía, y este hospital tiene unas normas muy rígidas. Si no las cumples al pie de la letra, a la calle.

—Se ha creído que me estabas ayudando.

Clara terminó de recoger las carpetas.

—Si hubiese sido otro, pero el doctor Serrano...

—¿Adónde vas?

—Tengo que dejar estas carpetas en la sala de enfermeras.

—Te acompaño.

—¿Quieres ponerme en otro compromiso?

—Seré buena —Martina juntó sus manos, en actitud suplicante—. Por favor, déjame ir contigo.

—Anda, vamos; pero yo llevaré las carpetas. Apóyate en mi hombro.

Atravesaron el pasillo, y al llegar a la puerta que dividía los pabellones se detuvieron un momento. Clara abrió una de las hojas y entró de espaldas.

—Pasa —dijo a Martina—. Yo sujetaré la puerta.

Martina se agarró al marco y traspasó el umbral, golpeándose de refilón con la hoja que permanecía cerrada.

—¡Ay! —exclamó.

—Ten cuidado.

—No te preocupes. Me he golpeado en la pierna buena.

Clara movió la cabeza de un lado a otro, sonrió ampliamente y ofreció a la enferma su hombro de lazarillo. Poco antes de llegar a la sala de enfermeras se cruzaron con el rostro anguloso de nariz descomunal del doctor Serrano.

—Buenas tardes —dijo Clara.

—Buenas noches —contestó el médico, subiéndose con un gesto nervioso las gafas que le resbalaban por la nariz.

—El doctor Fernández me ha dicho que empiece a andar. Clara me está ayudando —añadió Martina, tratando de echar un capote a la enfermera por el incidente anterior.

El doctor Serrano clavó sus ojos en la pierna vendada de Martina.

—¿Qué te pasó? —preguntó el médico.

—Pues... una caída, una mala caída. El doctor Fernández me operó; pero mañana me va a dar de alta.

El doctor Serrano arqueó las cejas, volvió a colocarse las gafas en su sitio y se marchó sin más comentarios.

—Tiene un rostro siniestro —comentó Martina en voz baja—. Yo no me dejaría operar por él.

—¡Tonterías! Es un médico buenísimo.

Poco antes de llegar a la sala de enfermeras, vieron cómo la puerta metálica de uno de los ascensores se abría. Salió primero una enfermera, luego una camilla, empujada por un camillero, y, por último, un médico.

—A la cuatrocientos veinticuatro —dijo la enfermera.

El camillero tomó la dirección de la 424. Clara y Martina se arrimaron a la pared para dejarle pasar. Y aunque la visión apenas duró cuatro o cinco segundos, Martina descubrió sobre la camilla a un muchacho más o menos de su edad, muy pálido, el pelo revuelto, los labios cárdenos... La botella de suero se balanceaba en el gancho de metal sobre la cabecera.

Martina siguió con la mirada la camilla hasta que desapareció tras la puerta de la habitación 424.

—Espérame aquí —le dijo Clara—. Voy a dejar estas carpetas y enseguida te acompaño a tu habitación.

Martina se recostó contra la pared, muy cerca de la puerta de la sala de enfermeras, adonde habían entrado también el médico y la enfermera que acompañaban a la camilla. Martina podía oír lo que se decía en el interior.

—Le he administrado un sedante —decía el médico—. Si por cualquier motivo se despertase, avísenme de inmediato. Pasaré la noche en «urgencias».

—De acuerdo, doctor —respondía una enfermera.

—¡Inmediatamente! —recalcaba el médico—. Ese muchacho ha intentado suicidarse.

Se oyó una exclamación y algún comentario. Si Martina no hubiese estado apoyada en la pared, tal vez se hubiese desplomado al instante. Al oír las últimas palabras del médico, sintió un ahogo en el pecho que apenas le permitía respirar; era una opresión terrible que le ascendía con estremecimiento desde el estómago y que le hacía sudar por todos los poros de su cuerpo.

El médico y la enfermera salieron de la sala y se encaminaron al ascensor.

—Los padres del muchacho están abajo.

—Dígales que su hijo está fuera de peligro. De visitas, nada. Mañana, a primera hora, que pasen mi informe a psiquiatría.

Justo cuando el médico y la enfermera entraron en el ascensor, Clara salió de la sala.

—Vamos, Martina —y la cogió del brazo.

Y Clara, al momento, sintió la crispación de aquel cuerpo, las convulsiones...

—¿Te ocurre algo? ¿Qué tienes?

Pero Martina no podía hablar.

—¡Martina! —Clara puso el dorso de su mano sobre la frente de Martina—. ¡Estás sudando! Vamos, te llevaré a tu habitación.

Martina caminaba como un autómata guiada por Clara, que no acertaba a comprender lo que le había sucedido a aquella muchacha jovial y optimista.

Atravesaron la puerta que dividía los dos pabellones.

—¿Te duele la pierna? —preguntó Clara, nerviosa—. ¿Es eso? Pero... contéstame. Me estás asustando.

Llegaron a la habitación de Martina, y Clara se dispuso a acostarla.

—Avisaré al médico ahora mismo —comentó mientras arreglaba el embozo de la cama.

Martina estaba agarrada con las dos manos al piecero de la cama. Su cuerpo entero comenzó a temblar, agitándose convulsamente, como si de un momento a otro fuese a estallar.

—¡Martina! —gritó Clara al verla, y corrió hacia ella.

Los ojos de la muchacha brillaban intensamente y su mirada, aunque clavada en el rostro de Clara, había perdido toda expresión. Y de pronto, un borbotón de lágrimas estalló en sus ojos y dos torrentes salados se precipitaron por sus mejillas.

—¡Martina!

Y Martina se abrazó a Clara y, aunque la enfermera repetía una y otra vez que iría a buscar a un médico, la muchacha la apretaba con fuerza contra sí y no la dejaba moverse. Y el hombro de Clara se fue humedeciendo con las lágrimas de Martina.

Al cabo de unos minutos, la enfermera fue percibiendo entre sus brazos cómo el cuerpo de la muchacha iba perdiendo rigidez, cómo las convulsiones cesaban, cómo la respiración se acompasaba... Se separó un poco de ella y le cogió la cara entre sus manos.

—Pero... Martina.

Y Martina pudo hablar al fin.

—¿Por qué lo ha hecho? —dijo.

—¿El qué? ¿Quién?

—¿Por qué ha intentado suicidarse?

Y Clara de pronto adivinó los motivos de aquella angustiosa congoja.

—¡Es eso! ¡Pobre Martina! Te ha impresionado ese muchacho.

Esta vez fue la enfermera la que abrazó a Martina. Le habló al oído sin separarse de ella.

—No lo sé, Martina. Si yo lo supiera... Si lo supiera alguien al menos. Cálmate. Por fortuna, ese muchacho está fuera de peligro.

Clara, con suavidad, fue acercando a Martina hacia la cama. Le quitó la bata y la sentó en el colchón. Luego, la cogió por los hombros y consiguió que se tumbase.

—Así me gusta. Tranquilízate.

La cubrió con la sábana y, volviendo la cabeza constantemente, salió de la habitación.

Regresó al cabo de dos minutos con el doctor Serrano. El médico agachó su rostro anguloso de nariz descomunal sobre la enferma. Le puso una mano en la frente y con la otra le buscó el pulso en la muñeca.

—Ya se me ha pasado —musitó Martina.

—De todas formas te daré algo para que duermas mejor.

—No, no hará falta.

—¿Seguro?

—Sí, seguro.

El doctor Serrano aún mantuvo sus dedos sobre la muñeca de Martina. El pulso se iba acompasando poco a poco. Luego, mirando siempre a todas partes, se dirigió hacia la puerta. Clara le acompañó.

—¿Ha cenado ya? —preguntó el médico.

—No, lo hará dentro de un momento.

—Que cene algo frugal: zumos, un caldo...

—Sí, doctor.

—Y si tarda en dormirse, le da el sedante.

Tras la puerta de la habitación desapareció primero el cuerpo, después el rostro y por último la nariz descomunal del doctor Serrano.

Cuando Clara se volvió hacia la enferma la halló tan feliz como en otras ocasiones: sonriente, simpática, alegre...

—¿Ya se ha ido el doctor Jekyll? —bromeó.

—El doctor... Jekyll, como tú dices, me ha ordenado que te dé un sedante si no te duermes pronto.

—Pero si aún no he cenado...

—¿Tienes hambre?

—Me comería..., me comería...

—Lo siento por ti. Esta noche estarás a dieta.

—¿A dieta? ¿Quieres que me muera de hambre?

Clara se encogió de hombros y sonrió. Antes de salir de la habitación se detuvo un instante junto a la puerta entreabierta y asomó la cabeza al exterior. Miró a un lado y a otro para comprobar que nadie estaba cerca. Luego se volvió a Martina.

—Órdenes del doctor Jekyll —le dijo.

—Pues ten cuidado con él; creo que está a punto de convertirse en *mister* Hyde.

A pesar de que sentía un gran alivio al ver de nuevo a Martina en perfecto estado, Clara no podía apartar de su mente a esa muchacha temblorosa que, minutos antes, se había agitado entre sus brazos poseída por un extraño terror.

En la sala de enfermeras comentó el caso con la enfermera jefe y ésta la tranquilizó aún más, asegurándole que la reacción de la muchacha, inmadura todavía, era normal. El hecho de ver a un chico de su edad en esas circunstancias tan dramáticas habría alterado su sistema nervioso.

«Tiene que ser eso», se convenció Clara.

Poco antes de que el turno de tarde acabase, Clara decidió hacer una última visita a Martina. Entró en la habitación, que tenía la luz apagada, y vio que el carrito de la cena permanecía intacto junto a la cama. La muchacha parecía dormida. Se acercó un poco más para comprobarlo y fue entonces cuando descubrió los grandes ojos de Martina, abiertos y ausentes. Encendió la lámpara de la mesilla de noche.

—Creí que estabas dormida.

Ajena a todo, la muchacha canturreaba una canción en voz muy baja. No reaccionó ante la presencia de Clara. Cantaba, y su canción, apenas audible, parecía un profundo lamento.

En mi arbolito brotaron flores negras y moradas.
Porque el correo vino a buscarlo, mis ojos lloraban.

—¡Martina! —Clara la agarró de un brazo y la movió con suavidad.

—Hola, Clara —respondió Martina, esbozando una leve sonrisa.

—No has cenado.

—El caldo estaba muy caliente.

—Ya se ha enfriado. Tómatelo.

—No tengo ganas.

—Entonces tendré que darte el sedante.

—Está bien, tomaré el caldo —y Martina se incorporó un poco en la cama.

Clara le acercó la taza.

—¿Qué cantabas?

—Una canción de Violeta Parra.

—¿Violeta Parra?

—¿No la conoces?

—No.

—Eres muy joven para conocerla.

—¡Pero bueno!... —exclamó la enfermera—. Pues si yo soy joven, tú, mocosa, ¿qué eres?

Martina sonrió.

—Yo me sé de memoria casi todas las canciones de Violeta Parra.

—Tendrás que dejarme algún disco para que yo pueda conocer también a esa señora.

—No, podrías estropearlos.

Martina terminó de beber el caldo y entregó la taza a Clara. Luego se dejó caer en la cama y se tapó con la sábana hasta los hombros.

—¿Tienes sueño? —preguntó la enfermera.

—Sí.

—¿No hará falta el sedante?

—No —respondió Martina con los ojos cerrados, y añadió—: No puedo dejarte esos discos. No se los he dejado a nadie.

—¿Por qué? —preguntó Clara con curiosidad.

—Porque eran de mi hermano mayor.

—¿Sólo por eso?

—Sí.

Clara iba a preguntarle por su hermano mayor, del que no tenía ninguna noticia; pero viendo cómo el sueño se apoderaba de Martina, se limitó a recoger el carrito de la cena y a sonreír con dulzura. Antes de marcharse, añadió:

—Mañana procuraré llegar un poco antes. Si el doctor Fernández te da de alta podré despedirme de ti.

Martina no respondió.

La enfermera apagó la luz y salió sin hacer ruido. Entonces Martina abrió los ojos y de nuevo comenzó a canturrear.

Quise curarlo con mi cariño, mas el pajarillo
guardó silencio como una tumba hasta que amaneció.

2

Los ruidos, esos pequeños ruidos que escuchaba siempre antes de dormirse, habían cesado por completo. Todo parecía estar tranquilo en aquella zona del hospital; sólo de vez en cuando los pesados zuecos de una enfermera martilleaban el pavimento. ¿Qué hora sería? Volvió la cabeza hacia la ventana. Ya era de noche. Los ruidos de la calle también habían cesado. Apenas un automóvil pasaba de cuando en cuando iluminando levemente la habitación. A Martina le gustaba aquella luz fugaz que la persiana bajada fragmentaba en múltiples cuadritos blancos. Aquellos cuadritos parecían estar vivos, se movían por las paredes, se agrandaban, se encogían... Ejércitos de luciérnagas que, antes de iniciar la batalla, siempre desaparecían misteriosamente.

Se revolvió con cuidado en la cama, agarrándose con ambas manos la pierna operada hasta sacarla fuera del colchón. No sentía dolor, pero temía que un esfuerzo o un golpe pudiese retrasar su recuperación. Y deseaba salir lo antes posible del hospital. Se incorporó despacio y se dejó caer por un lateral hasta que su pie llegó al suelo. Se calzó a tientas las zapatillas y se puso la bata. Luego, caminando con muchas precauciones, se dirigió a la puerta de la habitación.

En el pasillo, el silencio era casi absoluto, sólo alterado por una intrascendente conversación que provenía de las escaleras. Se deslizó al exterior y, siempre apoyándose en la pared, se dirigió hacia uno de los extremos, donde una puerta grande de madera dividía los dos pabellones. Era el mismo recorrido que había hecho con Clara horas antes; sin embargo, ahora parecía mucho más largo, a pesar de que su pierna, en franca recuperación, volvía a moverse con relativa facilidad.

Cuando abrió la puerta, pensó en un número que había retenido en su mente durante las últimas horas, pero que ahora se repetía a sí misma una y otra vez, como si temiese olvidarlo de repente: «424».

Parecía increíble, pero no sentía ninguna molestia en su pierna; casi podía caminar con normalidad, como si no hubiese sufrido una operación dos días antes.

Se detuvo delante de la puerta de la habitación 424, miró a derecha e izquierda y, al no ver a nadie por el pasillo, entró lo más rápido que pudo. La habitación estaba en penumbra, sólo iluminada por una pequeña lámpara amarillenta situada sobre el cabecero de la cama, en la que yacía aquel muchacho al que horas antes había visto sobre una camilla. La luz le daba un aspecto más mortecino. Su rostro era un contraste de claridad y sombra, palidez y tinieblas.

Martina se acercó a la cama por el lado contrario a donde estaba situado el gancho metálico que sostenía la botella de suero y las gomas que transportaban las gotas de vida a aquel cuerpo inerte. Se inclinó sobre la cama, acercando su rostro al del muchacho hasta percibir su débil respiración.

Comenzó a canturrear, y su voz era confusa y suave, como un susurro.

De pronto, el muchacho abrió los ojos.

—Tú no eres Toni. Lo sé, pero no me importa —le dijo Martina—. Toni era mi hermano mayor.

Durante unos segundos, el muchacho mantuvo los ojos abiertos: su mirada, fundida con la de Martina. Luego, no pudo soportar el peso de sus párpados y volvió a cerrarlos.

—Yo te cuidaré —le dijo Martina, poniéndole una mano sobre la frente—. Sé que estás despierto y puedes escucharme. He venido a cuidarte.

Y volvió a susurrar las notas de una canción imperceptible, sabiendo que aquel muchacho, de quien ignoraba todo, podía escucharla.

3

CLARA dejó la bandeja con la comida sobre la mesilla y se dirigió a la ventana. Descorrió los visillos y tiró con energía de la cinta de la persiana. Una radiante claridad invadió la habitación. Martina, que sin duda sintió sobre todo su cuerpo el impacto de la luz, se revolvió en la cama, protegiéndose los ojos con su antebrazo.

—¿Sabes qué hora es? —preguntó la enfermera con una sonrisa en los labios.

A Martina todo le resultaba familiar, conocido... La voz, la cama, el olor... Sin embargo, su mente, quizá aletargada por un profundo sueño, no era capaz de ordenar aquel extraño rompecabezas.

«Veamos —pensó—. ¿Quién soy yo?»

—¡Martina, despierta de una vez! —Clara la zarandeó con suavidad.

«Me llamo Martina. Y esa voz, esa voz... es de Clara, y esta cama...»

—¡Martina! —repitió Clara.

Martina por fin abrió los ojos, encontrándose el rostro de la enfermera muy cerca del suyo, ese rostro amable, delicado, reconfortante...

—Sigo en el hospital —comentó desalentada.

—Estoy muy enfadada contigo —Clara intentó adoptar una actitud severa—. Ya me han contado que anoche te encontraron caminando por los pasillos.

«¿Caminando por los pasillos? Sí, era cierto... Volvía de la habitación 424, una enfermera me vio y...» Las tinieblas se disipaban y Martina volvía a recordarlo todo. Sonrió a la enfermera.

—Eres muy guapa, Clara.

—No intentes ablandarme con buenas palabras.

—Lo digo en serio. Eres... guapísima.

Clara agarró el embozo de la cama y tiró de él, dejando a la muchacha completamente destapada.

—¡Eh! ¿Qué haces?

—¡Arriba, gandula! Tienes que lavarte un poco antes de comer.

—¿Comer?

—Pues claro. Después te acompañaré a la consulta del doctor Fernández. Recuerda que es posible que te dé de alta.

—Pero... —Martina volvía a estar confusa—. ¿Qué hora es?

—Casi las cuatro de la tarde.

—¡Las cuatro de la tarde! —y saltó de la cama, olvidándose de su pierna enferma—. Pero... ¿cómo he podido dormir tanto?

—Creo que la culpa la tiene ese paseo a medianoche por los pasillos del hospital. Me parece que fue el mismísimo doctor Serrano quien te administró un sedante.

—¿El doctor Jekyll?

—El mismo.

Al llegar a la puerta del servicio se sacó el camisón por la cabeza de un tirón y lo lanzó hacia la cama.

—¿Quieres ayudarme? Es incomodísimo ducharse «a la pata coja».

Con la pierna enferma fuera de la bañera, sujeta por las manos delicadas de Clara, Martina se duchó a toda velocidad, preocupada por el horario de consultas del doctor Fernández.

—Si llego tarde y el doctor Fernández se ha marchado...

—No te preocupes, no llegarás tarde. El doctor estuvo aquí esta mañana, pero, como dormías, prefirió que tú misma pasases por su consulta por la tarde.

—¡Qué rabia!

—El horario coincide con las visitas. Tu tía podrá acompañarte.

Clara ayudó a Martina a secarse. Volvió a sentir entre sus brazos aquel cuerpo de líneas recién estrenadas que deliciosamente dibujaban un contorno de mujer.

«¡Qué hermosa edad!», pensó Clara, recordando los días, no demasiado lejanos, en que ella misma se contemplaba horas y horas en el espejo, observando una transformación casi imperceptible, no por esperada menos sorprendente. Qué distinto al cuerpo que la tarde anterior se había agitado, convulso, entre sus brazos. ¿Qué guardaba dentro aquel cuerpo? ¿Qué pasaba en realidad por la cabeza de aquella jovencita llena de vitalidad que en tres días que llevaba en el hospital había conseguido cautivarla por completo? Sí, aquella muchacha poseía algo especial: una gracia, un magnetismo..., algo que la atraía poderosamente.

—Te echaré de menos —suspiró la enfermera.

—¿Echas de menos a todos los pacientes que dejan el hospital? —preguntó con picardía Martina.

—Es una pregunta malintencionada. No contestaré.

Clara observaba cómo Martina se movía de un lado a otro, buscando su ropa y vistiéndose. Sus movimientos eran seguros, decididos, parecía haberse olvidado por completo de su pierna. Era un buen síntoma. El doctor Fernández le daría de alta y en un par de semanas volvería a correr y saltar como antes.

—Tengo una idea —comentó Martina, al tiempo que cogía la bandeja de la comida y la colocaba sobre la mesa.

—¿Qué idea?

—Podemos vernos cuando yo me vaya del hospital. Podemos... ser amigas. ¿Te importa tener una amiga pequeñaja?

—Oye, que no te saco tantos años.

—Entonces... ¿no te importa?

—Claro que no.

—¡Lo que voy a presumir en el instituto! ¡Diré a mis compañeras que tengo una amiga enfermera! —Martina de repente había recordado algo—. ¡El instituto!

—¿Sacaste los libros de la bolsa?

—No.

Clara sonrió y se encogió de hombros. Se dirigió hacia la puerta.

—Vuelvo enseguida. Come un poco.

Martina empezó a comer.

—¡Está frío! —protestó.

Al cabo de unos diez minutos, Clara regresó a la habitación.

—¿Estás lista?

—Lista.

Tendió a Martina su brazo y la enferma, a pesar de que notaba una gran mejoría en su pierna, se agarró a él.

—Ya casi puedo correr.

—No seas loca. Y aunque el doctor te dé el alta, no cometas imprudencias. ¿Entendido?

—Entendido.

Llegaron a la consulta de traumatología. Allí esperaba Carmen, la tía de Martina, que se entretenía charlando con una señora que llevaba un brazo en cabestrillo.

—Ya ha pegado la hebra —comentó Martina al verla—. No aguanta más de dos minutos sin hablar. Si no tiene a mano a nadie, es capaz de iniciar una conversación con una farola, con un árbol...

—¡Te quejarás de tu tía!...

—No me he quejado.

Carmen, al ver a su sobrina con la enfermera, dejó a la señora del brazo en cabestrillo con la palabra en la boca y se dirigió a su encuentro.

—Martina, hija, estoy aquí. ¿Qué te ha ocurrido esta noche? Me asusté cuando me dijeron que te habían tenido que dar un calmante. Pero... tienes buen aspecto. ¿Te duele algo? ¿La pierna?... Si me hubiese quedado esta noche... Podría haberme colado por la puerta de atrás, otras lo hacen. ¿De verdad que estás bien? —Martina iba a responder que sí, pero no tuvo tiempo—. ¡Ah! Hablé con tus padres esta mañana. Llegaron bien. No les dije nada del calmante para no asustarlos. Bastante preocupación tienen ya con los dos pequeños. Pero... ¿te encuentras bien?

Esta vez fue Clara quien le impidió responder.

—Me voy —dijo la enfermera—. Tengo que hacer. Ya me contarás.

La señora del brazo en cabestrillo pasó a la consulta. Carmen cogió a su sobrina por el brazo y la llevó hasta la puerta de entrada.

—Nos toca a nosotras. Dios quiera que te den de alta y puedas volver a casa.

La señora del brazo en cabestrillo salió a los pocos minutos y cruzó una sonrisa con Carmen.

—Me tienen que hacer otra radiografía —comentó a modo de despedida.

El doctor Fernández se levantó al ver entrar a Martina. Sonrió ampliamente a la muchacha y le tendió sus brazos.

—Hola, dormilona. Creí que no vendrías. Déjame que te ayude.

—No hace falta. Ya puedo andar sola. No me duele nada.

—¿Seguro?

—Segurísimo.

Y haciendo un alarde innecesario, Martina se soltó del brazo del médico y se sentó en la camilla de un salto.

—Está bien, te creo; pero no vuelvas a hacerlo, ¿de acuerdo?

Carmen movió la cabeza de un lado a otro varias veces.

—¡Loca! ¡Que eres una loca! —dijo—. ¿Quieres estarte quieta y obedecer al doctor?

Martina se tumbó sobre la camilla sin rechistar y el doctor Fernández comenzó a cortar la aparatosa venda que le envolvía el pie y parte de la pantorrilla. Cuando la herida quedó al descubierto la fue revisando cuidadosamente.

—Muy bien —comentó—. Intenta mover el pie.

Martina obedeció al doctor y su pie inició un vacilante movimiento, primero a la izquierda, luego a la derecha.

—¿Te duele?

—Casi nada.

—Me dijiste que practicabas un deporte.

—Atletismo. Corro los cuatrocientos y los ochocientos.

—Eso está bien.

—¿Acaso no podré volver a correr?

—Todo lo contrario. Dentro de quince días podrás volver a entrenar.

—¡Gracias a Dios! —exclamó Carmen, y luego, dirigiéndose a su sobrina—: Y a ver si te sirve de lección, para que no seas tan alocada. Porque una caída como la que tuviste sólo te puede ocurrir a ti. Hay que andar con cuidado, mirando donde se pisa, ¿verdad, doctor?

—Sí, sí —asintió indiferente el doctor Fernández mientras colocaba a Martina un vendaje mucho más liviano.

Terminada la operación, Martina se incorporó, esta vez ayudada por el médico, y descendió de la camilla. Sentía su pie más libre, lo movía mejor, y sólo cuando intentaba girarlo excesivamente notaba un pequeño dolor en el tobillo.

—Entonces... ¿me puedo ir? —preguntó Martina al doctor Fernández, que ahora se encontraba extendiendo una receta sobre su mesa.

—Sí —respondió el doctor sin alzar la cabeza.

—Quiero decir —insistió Martina— que si me puedo ir a mi casa.

El doctor se levantó con la receta en la mano.

—Por supuesto. No quiero volver a verte hasta dentro de siete días.

Entregó la receta a Carmen y dio un beso a Martina, a modo de despedida.

—Siento perder a una paciente tan simpática.

—Si vuelvo a caerme por las escaleras, le buscaré a usted antes de que me encuentre el doctor Jekyll.

—¿El doctor Jekyll?

—¡Oh! No me haga caso.

El doctor Fernández rió con ganas mientras tía y sobrina abandonaban su consulta.

Regresaron a la habitación. Carmen dejó a su sobrina recogiendo la ropa y ella se marchó a «Administración» para sellar unos documentos.

Martina metió sin cuidado su ropa en la bolsa y la cerró después de sentarse encima, aplastando todo lo que había dentro. Estaba poseída por una agitación, por una impaciencia, por una prisa... Deseaba salir cuanto antes del hospital y volver a sentir la calle; pero algo muy importante tenía que hacer primero: despedirse del muchacho de la habitación 424.

No sabía lo que iba a decirle, pero necesitaba verlo antes de marcharse. Salió de la habitación y dejó la bolsa junto a la puerta. Renqueando atravesó el largo pasillo y llegó a la puerta de separación de los pabellones. Respiró profundamente un par de veces y franqueó el umbral.

Cuando iba a comenzar a andar hacia la habitación 424, vio algo que la detuvo en seco: era un muchacho envuelto en una bata, caminando lentamente, muy despacio, arrastrando los pies, como si le costase un trabajo ímprobo mover sus piernas. Martina volvió a fijarse en aquel rostro, que seguía blanco, y en aquellos ojos, ausentes, perdidos, con bolsas moradas alrededor.

Se acercó y el muchacho la vio. Se detuvo y se quedó mirándola fijamente. Por un instante, las miradas de ambos se fundieron. Martina se acercó más y le saludó efusivamente.

—Hola, me llamo Martina. Iba a hacerte una visita. Esperaba encontrarte en la cama. Me alegra que ya puedas levantarte.

El muchacho no respondió. Martina seguía comportándose con él como la jovencita jovial, desenfadada, optimista.

—Me acaban de dar de alta. ¡Estaba deseando! No te puedes imaginar las ganas que tengo de volver a pisar la calle. Supongo que a ti te sucederá lo mismo. Si quieres, podemos vernos cuando te den de alta a ti. Podemos quedar un día en un sitio determinado... ¿Qué te parece dentro de quince días? A partir de hoy, el segundo jueves, a las seis de la tarde, en... en... la estación del Norte. ¿Te parece bien la estación del Norte? Es lo primero que se me ha ocurrido. Supongo que para entonces los dos ya estaremos recuperados. ¿Quedamos entonces?

El muchacho no respondió. Seguía mirando fijamente a Martina, como una estatua. Sus ojos parecían haber perdido definitivamente toda expresión.

—Bueno —continuó Martina, sin perder su sonrisa—. Dime al menos cómo te llamas.

El muchacho permaneció mudo.

—¡Igor! —alguien gritó de repente ese nombre desde el fondo del pasillo.

Martina levantó la cabeza y descubrió al doctor que había atendido a aquel muchacho la noche anterior. Se dirigía a grandes zancadas hacia ellos.

—Igor, vuelve a tu habitación. Por hoy basta de paseos —dijo el médico.

Martina tendió la mano al muchacho.

—Adiós, Igor.

El muchacho miró la mano de Martina y alzó despacio la suya. Ella se la estrechó, dibujando en su rostro una amplia sonrisa. Y repitió:

—Adiós, Igor.

El médico cogió al muchacho por los hombros y se encaminó con él hacia la habitación, pero al instante se volvió.

—¿Os conocíais de antes? —preguntó con curiosidad.

—No, acabamos de conocernos —respondió Martina.

4

ESTABAN comiendo cuando Carmen le preguntó algo sobre su vuelta a los entrenamientos.

—Estoy pensando que esta tarde me daré una vuelta por las pistas —respondió ella.

—No se te ocurrirá hacer esfuerzos —le advirtió su tía.

—Me limitaré a dar volteretas por la hierba. ¡Qué ganas tengo de volver a pisar la hierba!

—Hija, ni que fueses una cabra.

Y aunque nadie lo mencionó, recordó que era jueves y que habían pasado dos semanas desde que salió del hospital. ¿Por qué lo había recordado de repente? Fue una pregunta que se repitió muchas veces aquella tarde.

Se había olvidado de una extraña cita, que tal vez ni siquiera era cita, cuando un rostro blanco y cárdeno, casi infantil, casi de hombre, volvía a aparecérsele en algún rincón de su mente.

—¡Igor! —exclamó sin darse cuenta, mientras pelaba una manzana.

—¿Igor? —preguntó Carmen—. ¿Qué Igor?

—Igor es... —se detuvo Martina, porque en realidad casi nada sabía de Igor.

—¿El hijo de Damián? —continuó preguntando la tía.

—Es un amigo del club de atletismo —fue lo primero que se le ocurrió a Martina.

—¿También corre?

—Salta con pértiga.

—¡Jesús! ¡Qué barbaridad! Acabará rompiéndose la cabeza.

Salió pronto de casa y se dirigió a la estación del metro. Se sentó en uno de los bancos de la estación. Estaba nerviosa, y cuando estaba nerviosa se sentía tonta. Por eso se quedó inmóvil sobre el duro asiento, la vista perdida en las escaleras que en el andén opuesto servían de acceso.

Un tren irrumpió con estrépito. Martina continuó sin moverse. Su mente trataba de liberarse de cualquier pensamiento y de quedar en blanco, totalmente en blanco. ¿Sería posible tal pretensión? Muchas veces Martina había tratado de lograrlo a base de ejercicios mentales, casi como un juego.

«Dejo de pensar en esto, y en lo otro, y en lo demás... Dejo de pensar en todo. No pienso nada. ¡Nada! Pero... ¿no pienso nada? ¿Acaso no estoy pensando que no pienso nada? Es imposible. Mientras el «coco» nos funcione, siempre estaremos pensando en algo.»

El silbato estridente atronó la estación. El último viajero se coló con las puertas casi cerradas. El tren desapareció en segundos por la boca negra del túnel.

«El tren es un gusano de hierro y plástico, es un gusano que se mete por mis orejas, atraviesa mi cerebro y se lleva todos mis pensamientos a otra estación. Ya no puedo pensar en nada.»

Y aunque Martina no conseguía en ningún momento dejar su mente en blanco, sí lograba que sus nervios, esos estúpidos incontrolables, se aplacasen.

Dejó pasar dos trenes más antes de decidirse a realizar ese trayecto que tan claramente había imaginado mientras engullía el postre de la comida. Y en el interior del vagón volvió a tratar de olvidarse de todo.

Aún no eran las cinco de la tarde cuando se sorprendió acodada en la barandilla de un paso elevado. Abajo, la calle era un río de dos direcciones, un impetuoso río, un enloquecido río de metal y humo.

«Ahora lo conseguiré. El río se llevará mis pensamientos; cada automóvil, una idea.»

Pero el río, aunque lo parecía, no era de verdad. Existía en alguna parte un mecanismo oculto que lo manejaba impunemente. Sacó un pañuelo y, desplegándolo, se lo colocó sobre la cara, cubriéndose la nariz y la boca. Antes, gritó al río:

—¡No se puede respirar!

Quedaba una hora para las seis. Estaba perdida. Su cerebro no iba a dejar de funcionar ni un solo segundo. ¿Y cuántos segundos tiene una hora? Sería mejor dar la vuelta, regresar al metro y dirigirse a las pistas de atletismo. La cantidad de compañeros que se alegrarían de volver a verla... ¿Qué le impedía hacerlo? ¿Una cita? Ya no estaba segura ni de la cita; es decir, aunque ella estaba segura, dudaba que aquel muchacho pálido, casi devuelto de ultratumba, la recordase todavía.

«¿Por qué precisamente en la estación del Norte? No sé. Fue lo primero que se me ocurrió. Por nada en particular. Podría haberle dicho... cualquier otro lugar.»

Bajó despacio la cuesta de San Vicente y entró en la estación. Atravesó inmensas salas casi vacías y franqueó una de las puertas que daba acceso a los andenes. Caminó un rato y acabó sentándose en un desvencijado banco de madera, justo donde la enorme techumbre metálica terminaba y la luz era una bocanada violenta. De la bolsa de deporte, pretexto para salir de casa, sacó un libro de matemáticas y lo abrió sobre sus rodillas. Echó la cabeza hacia atrás, hasta apoyarla en el respaldo del banco, y clavó su mirada en el laberinto de hierros que sostenía la cubierta de la estación.

Y... ¡por fin! dejó de pensar. Sin darse cuenta, sin intentarlo siquiera. Se quedó inmóvil, como una estatua boquiabierta. Y el tiempo fue pasando sin que ella pudiese percibirlo.

De pronto, notó un pequeño dolor en la nuca, una pesadez extraña, y volvió en sí. Se llevó las manos al cuello, como si temiese que la cabeza se le pudiese desprender de repente del cuerpo. Muy despacio, fue recobrando la posición normal y, a medida que de su campo visual desaparecían los hierros, aparecía la figura de un muchacho que...

—¡Igor! —exclamó Martina, incorporándose de un salto.

Igor estaba muy cambiado. Ya no parecía un cadáver andante, un niño desvalido. Todo lo contrario, era un muchacho muy atractivo. Martina volvió a sentir un dolor en su cuello y encogió los hombros, como si quisiese meter la cabeza en el interior de su tórax.

—¡Ay! Creo que me he pasado más de media hora mirando

al techo. ¿Te has fijado en el techo de la estación? He debido coger tortícolis.

Igor permanecía inmóvil; apenas sus labios esbozaban una leve sonrisa, casi imperceptible.

—Pensé que no vendrías —continuó Martina—. Estaba convencida de que no vendrías.

—También yo estaba convencido de que no vendrías —dijo al fin.

—¿Sí? ¡Qué casualidad!

Y los dos se quedaron un instante en silencio, como si no tuviesen nada más que decirse.

—¿Te gustan los trenes? —le preguntó Martina al cabo de un rato.

—No sé.

—¿No sabes? —rió Martina.

Igor se encogió de hombros.

—Me gustan más las motos.

—Las motos son... otra cosa.

—Yo tengo una moto.

—¿Sí?

—Mis padres me la regalaron cuando cumplí diecisiete años. Pero no me gusta mucho.

—¿Por qué?

—Tiene poca cilindrada. En realidad es una motocicleta.

Se produjo un nuevo y prolongado silencio. Y si Martina era consciente de la tensa situación, en la que ninguno de los dos tomaba un papel activo, y se sentía presa de un extraño nerviosismo que no sabía cómo superar, a Igor parecía darle igual. Él continuaba inmóvil frente a ella, y su sonrisa no conseguía pasar de un apunte excesivamente difuminado.

—Te decía lo de los trenes porque a mí, yo... —Martina se hizo el firme propósito de acabar con aquella situación—. Yo... lo paso bien observando cómo llegan los trenes a la estación, y cómo los viajeros se mueven de un sitio a otro, y cómo... Mi tía Carmen dice que soy muy rara por eso; a ella le ponen triste las estaciones.

Martina sintió que estaba haciendo un esfuerzo desmesurado

y que de seguir así acabaría diciendo infinidad de tonterías. Volvió a callarse unos segundos y luego, de repente, le preguntó:

—¿Prefieres la estación o damos un paseo?

—Un paseo —respondió él.

—Estupendo. A mi pierna le conviene dar paseos.

Salieron de la estación y comenzaron a caminar sin rumbo fijo, en silencio, en un silencio que, al menos a Martina, se le hacía difícilmente soportable.

—Hace una tarde estupenda. ¿Paseamos por el parque del Oeste?

Igor ni siquiera respondió a las palabras de Martina; sólo alzó la mirada lo imprescindible y se desvió hacia el paseo del Rey, por el que bruscamente se accede al parque. En apenas unos minutos la ciudad había dejado de existir y, aunque aún podía escucharse con molesta claridad un zumbido confuso, amalgama de mil ruidos irreconocibles, la sensación de paz, la certeza de haber traspasado una frontera mágica, era algo palpable, respirable...

Al pasar bajo el teleférico de la Casa de Campo, Martina intentó otra vez romper aquel hielo que amenazaba con petrificarlos.

—Me encantaría coger el teleférico hasta la Casa de Campo. ¿A ti no?

Igor se limitó a levantar la cabeza y a observar la cabina que en esos momentos pasaba sobre ellos. Martina, mientras, rebuscaba por los bolsillos de su pantalón.

—Ciento cincuenta, ciento ochenta, ciento ochenta y seis pesetas. Es todo lo que tengo. No creo que nos llegue.

Igor también metió las manos en sus bolsillos y sacó una moneda de diez duros. Hizo ademán de entregársela a Martina, pero ella, después de mirarla, la rechazó.

—Déjalo. No tenemos bastante.

Continuaron caminando plácidamente por el parque, que, ya al final de la primavera, mostraba un aspecto espléndido. Martina se fue quedando poco a poco también en silencio, y se concentró en desentrañar todos los encantos de aquel jardín en aquellos instantes.

Cuando pasaban por delante de algún monumento, ella se detenía y lo observaba con curiosidad.

—Éste es nuevo —dijo al pasar junto al de Miguel Hernández, iniciando ya el repecho serpenteante del paseo de Ruperto Chapí, que termina en la plaza de la Moncloa—. Al menos, yo no lo había visto.

Igor leyó la inscripción en la piedra y la pintada de *spray* negro.

—«Miguel Hernández. *Heavy metal*».

—Viene en mi libro de literatura.

La plaza de la Moncloa, siempre desmesurada y algo sacramental, los rodeó por los cuatro costados. Y esos millones de ladrillos rojos y fríos se encargaron de recordarles que volvían a dejarse engullir por la gran ciudad. Pero en esta ocasión a Martina no le importó demasiado, estaba cansada de la compañía de aquel chico que no hablaba y que caminaba siempre con la cabeza baja, mirando al suelo.

«En el suelo no descubrirá nada interesante», pensó.

A partir de ese momento, Martina aceleró el paso con decisión. Igor la siguió con aparente indiferencia. Era ella la que parecía ir a alguna parte. Caminaron por la calle de la Princesa, sorteando transeúntes, vendedores ambulantes, puestos de lotería y de periódicos... Súbitamente, y aprovechando un semáforo en verde, Martina cruzó la calle. Siguió acelerando el paso. Giró hacia Alberto Aguilera y volvió a girar enseguida hacia Gaztambide. Parecía como si un poderoso imán la atrajese hacia alguna parte. Al llegar al cruce con la calle de Meléndez Valdés se detuvo en seco.

—He pasado un rato muy agradable contigo —le dijo a Igor a modo de despedida.

Aunque Igor se sorprendió de las palabras de Martina, su rostro permaneció impasible.

—¿Vives aquí? —preguntó al cabo de unos segundos.

—No. Es que... —Martina trataba de inventarse algo convincente—. Tengo que hacer una visita a unos parientes del pueblo. ¡Un rollo! Pero si no lo hago, mi tía me regañará.

Igor permaneció en silencio, inmóvil, como esperando algo más.

—Adiós —Martina le tendió la mano.

—Adiós —Igor se la estrechó con suavidad, soltándola enseguida.

Martina comenzó a andar calle Meléndez Valdés arriba. Cuando al cabo de un par de minutos volvió la cabeza, Igor había desaparecido de la esquina. Entonces aceleró el paso hasta que llegó a la puerta de un moderno edificio. Volvió de nuevo la cabeza y entró en el portal de un salto. Tanteó la pared con la mano hasta descubrir el interruptor de la luz. Lo apretó al tiempo que echaba a correr escaleras arriba, como si temiese que alguien, un perseguidor desconocido, la diese alcance.

Al llegar al primer descansillo se detuvo con un rictus de dolor reflejado en su rostro. Se agachó ligeramente y, con una mano, se acarició la pantorrilla con suaves movimientos descendentes hacia el tobillo. Movió la pierna en una dirección y en otra y la intentó flexionar un par de veces. A continuación se dirigió al ascensor y apretó el botón de llamada. Subió hasta el cuarto piso y se detuvo frente a una de las puertas de la izquierda, la única que no tenía cerraduras de seguridad. Rebuscó en su bolso y sacó un manojo de llaves. Abrió la puerta y entró.

Dentro, la oscuridad era absoluta; pero en vez de conectar los interruptores de la luz, prefirió dirigirse hacia las ventanas tanteando las paredes. Enrolló las persianas y la luz iluminó un piso amplio y nuevo, un piso que ejercía un magnetismo especial sobre Martina. Una vez más su mirada fue recorriendo las paredes, llenas de láminas y *posters*, los escasos muebles de formas y colores irreconciliables, la montaña de cojines en un rincón...

Recorrió las habitaciones semivacías de la casa y se dejó caer sobre la montaña de cojines de la única pieza medianamente amueblada. Sacó de la bolsa de deporte el libro de matemáticas y comenzó a estudiar.

Al cabo de una hora sonó el teléfono. Martina escuchó los dos primeros timbrazos sin inmutarse. Luego, dejó el libro y se deslizó hacia la mesita donde se encontraba el teléfono. Descolgó el auricular y permaneció unos segundos a la escucha, esperando que el interlocutor dijese la primera palabra. Pero ante el obstinado silencio, preguntó:

—¿Diga?

Y cuando el interlocutor habló al fin, la expresión de intriga que había cobrado su rostro se desvaneció de repente.

—Sí, tía, estoy aquí —continuó—. Sí..., sí..., sí... He venido a estudiar. Recuerda que mañana tengo un examen. Sí..., sí..., sí...

Colgó el auricular y se puso de pie. Antes de recoger sus libros, se dirigió al mueble donde se encontraba el tocadiscos. Justo delante, en el suelo, había una gran torre de discos. Cogió el primero y leyó en voz alta:

—«Violeta Parra canta sus últimas composiciones».

Iba a sacar el disco de la funda, pero se arrepintió. Leyó una vez más esa frase escrita sobre la superficie gris de la portada con gruesos trazos de rotulador rojo.

—«Pupila de águila».

Dejó el disco en su sitio, recogió sus libros y, después de bajar las persianas, salió de la casa a tientas, como había entrado.

Ya era casi de noche en la calle de Meléndez Valdés.

5

AL día siguiente, cuando el reloj de la estación del Norte marcaba las cinco de la tarde, Martina descubrió a Igor en aquel banco desvencijado, justo donde la gran techumbre de hierro terminaba y las vías parecían abrirse en un gran abanico de hierro.

Se dirigió hacia él sonriendo. Sus sospechas se habían confirmado totalmente. Durante todo el día no había podido apartar de su mente la idea de que Igor la estaría esperando en aquel viejo banco de la estación, a pesar de que no habían concertado en modo alguno aquella cita. La estación del Norte era la única pista de que disponía, el único nexo entre ambos, el único lugar que podía volver a unirlos.

—Hola.

—Hola —Igor se levantó del banco.

—¿Qué haces aquí?

—Te esperaba.

—¿A mí?

—Claro.

—Pero... no habíamos quedado. En realidad he venido porque... Pues no sé por qué he venido.

—Estaba seguro de que vendrías.

—¿Ah, sí?

—Sí.

—¿Y si no hubiese venido?

—Seguiría esperando.

—¿Hasta cuando?

—Hasta que llegases.

Martina rió de buena gana. Le hacían mucha gracia las palabras de Igor, sobre todo por la forma como las decía.

—¿Sabes una cosa? Yo también estaba segura de que te encontraría en la estación. Y no me preguntes por qué.

—No lo haré.

—¿Llevas mucho tiempo aquí?

—Bastante. He contado tres veces los hierros que tiene la cubierta de la estación.

Martina volvió a reír.

—Mañana tendrás tortícolis, como yo.

No era difícil descubrir que Igor no se parecía al de la tarde anterior. Su risa constante, sus comentarios..., todo indicaba que su estado de ánimo era otro, o que por lo menos se esforzaba ante Martina por mostrarse de forma distinta.

—¿Prefieres ver trenes o pasear? —preguntó Igor sin dejar de sonreír.

—Pues... no sé qué responderte.

—Piénsalo.

—Prefiero pasear.

—¿Por tu pierna?

—Claro.

—¿Qué tal va?

—Bien.

—Ya casi no cojeas.

—Pronto volveré a entrenar.

—¿Entrenar? ¿Para qué?

—No te lo había dicho, pero estás ante una futura campeona olímpica. Practico atletismo. ¿Tú no haces deporte?

—No.

—Tengo una idea. ¿Por qué no nos acercamos a las pistas? No están lejos de aquí. Te presentaré a mis amigos. A la mayoría no los he visto desde antes de la operación.

—Pero... ¿eres buena? —preguntó titubeando—. Quiero decir que si eres de las mejores, de la selección.

—¡Qué va! Soy del montón. Hago deporte porque me divierte. Además, así me siento en forma.

Comenzaron a andar por el paseo de la Florida en dirección al puente de los Franceses.

—Pues a mi tía Carmen le he dicho que eras pertiguista.

Igor rió de buena gana.

—No he cogido un palo de esos en mi vida.

La tarde era sumamente agradable. El sol, aunque calentaba con fuerza, no producía el abatimiento de los meses veraniegos, y el contacto de sus rayos, mitigado por una ligera e intermitente brisa, resultaba reconfortante después de un larguísimo invierno y de una casi inexistente primavera.

El estado anímico de Igor, más alegre y receptivo, hizo que Martina comenzase a hablar sin las inhibiciones del día anterior, y que su verdadera personalidad, alegre, risueña, jovial, optimista..., saliese a relucir. Igor escuchaba sonriente y atento las explicaciones de aquella chica que de forma tan misteriosa se había cruzado en su vida.

Y, sin darse cuenta, llegaron a las pistas de atletismo. Entraron por uno de los laterales y se dirigieron hacia las gradas de la recta principal. Durante el corto recorrido, Martina le fue señalando corredores a Igor.

—Ése es Juanjo. Ésas, Marga y Maite. Aquel otro, Rubén.

Maite, desde el extremo opuesto, vio a Martina. Arqueó sus manos alrededor de la boca y gritó:

—¡Martina!

Todos pudieron oír aquel grito, y todos los que se consideraban amigos de Martina echaron a correr hacia ella.

—Tienes muchos amigos —comentó Igor al ver la avalancha que se les venía encima.

—Muchísimos. ¿Tú no?

—No.

Martina se vio rodeada por un nutrido grupo de jóvenes que la besaban y abrazaban con visibles muestras de cariño. Ella, que con dificultad podía contener la alegría, hablaba sin cesar para que la emoción no le jugase una mala pasada.

—¿Pensabais que no iba a regresar? —bromeaba—. No os libraréis de mí tan fácilmente. He decidido no volver a caerme por las escaleras.

—Y nosotros pensando que estabas convaleciente en la cama —continuó la broma Maite.

—Pues claro que estoy convaleciente. ¿Es que no me has

visto andar a la pata coja? Puedo hacerte una demostración gratuita.

—¡Ya! —insistió Maite, señalando a Igor, que permanecía en segundo término—. Y esa monada, ¿quién es? ¿Tu médico de cabecera?

Todos rieron con ganas la broma de Maite, una de esas bromas que gastaba a todo el mundo sin cesar. Ella era así, decía las cosas a lo bruto, pero con simpatía y cariño. Por eso nadie solía molestarse cuando se sentía aludido por sus comentarios.

—Es Igor, un amigo —respondió Martina a las insinuaciones de Maite.

—Así que te has dedicado a ligar —insistió aún la amiga.

Martina tampoco se molestó por el nuevo comentario, de sobra conocía a su amiga; sin embargo, las palabras de Maite consiguieron sonrojarla. Sintió encenderse sus mejillas, y para que los demás no se diesen cuenta, se separó del grupo y se acercó a Igor.

—Igor es pertiguista —dijo, tratando de cambiar de conversación.

Se organizó un pequeño revuelo al conocer la noticia. Todos querían saber cosas de Igor.

—¿Cuánto has saltado este año? —le preguntó Rubén.

—Este año... pues... —Igor se encontraba en un verdadero apuro.

—Ya habrás competido esta temporada, ¿no? —insistió Rubén.

—Sí, claro..., pues... la semana pasada salté siete metros.

—¿Siete metros? —la expresión de Rubén cambió súbitamente—. ¿Es que te quieres quedar conmigo?

Igor se encogió de hombros.

Desde el foso de saltos, el entrenador comenzó a llamarlos a voces.

—Volvamos o nos echará la bronca —comentó Juanjo.

—Esperad a que terminemos —dijo Maite a Martina—. Luego nos iremos todos juntos.

—No puedo, mañana tengo un examen. Necesito estudiar.

Los muchachos corrieron hacia el lugar donde estaba el entrenador, que había comenzado a hacer ostensibles gestos con sus brazos en alto.

—¿Qué te parece Igor? —preguntó Maite a Marga, mientras corrían por el césped.

—Tiene nombre de monstruo.

—Sí, es un monstruo —continuó Maite—. ¡Cómo está! ¡Un verdadero monstruo!

—Es un vacilón —intervino Rubén—. Y a mí me caen gordos los vacilones.

Martina lanzó un beso con la mano al entrenador, que se había percatado de su presencia. En compañía de Igor, salió del recinto.

—¡Cómo echo de menos las pistas! —suspiró.

Continuaron el paseo, el ya largo paseo. Martina le explicaba a Igor que nadie en el mundo era capaz de saltar siete metros con una pértiga.

—¿Estás segura? —preguntaba incrédulo Igor.

—Claro que estoy segura.

—Pues yo creía que con ese aparato uno se impulsaba hacia arriba y... ¿cómo te diría yo? Salía disparado hacia lo alto, como una flecha.

—Sí, la pértiga es para eso, para impulsarse... Pero te aseguro que nadie es capaz de saltar siete metros, a no ser que se ponga un cohete en el culo.

—¿Y es reglamentario ponerse un cohete en el culo?

—Claro que no. Hay que hacerlo sin que los jueces se den cuenta.

Entre bromas y risas, casi sin darse cuenta, llegaron a la esquina de las calles Gaztambide y Meléndez Valdés, donde la tarde anterior se habían despedido.

—¿También hoy tienes que hacer una visita a esos parientes del pueblo? —preguntó Igor de repente.

Martina agachó la cabeza y permaneció unos segundos en silencio. Luego dijo:

—Ayer no te dije la verdad. En realidad fui a casa de Toni.

—¿Toni? —preguntó Igor sin comprender nada.

—Mi hermano —continuó Martina—. Allí estudio muy bien. Hay mucho silencio.

—¿Y hoy también vas a estudiar?

—Mañana tengo un examen.

Los dos se quedaron unos segundos en silencio, mirándose. Luego, Igor se llevó las manos a la cabeza y se golpeó la frente un par de veces, como si de repente hubiese recordado algo importante.

—¡Qué memoria! Se me olvidó por completo.

—¿El qué? —preguntó Martina, intrigada.

Igor sacó un billete de mil pesetas de uno de sus bolsillos.

—Podíamos haber montado en el teleférico de la Casa de Campo.

—¡Eh, chico! ¿De dónde has sacado eso?

—Se lo pedí a mi padre.

—¿Y tu padre te da billetes de mil cada vez que se los pides?

—A veces.

Se produjo un silencio molesto que Igor trató de romper enseguida.

—¡Qué fastidio! Hemos pasado por debajo del teleférico y no me he acordado. Es que cuando estoy contigo se me olvidan las cosas.

—Eso es malo.

—No creas.

De nuevo se produjo un largo silencio, hasta que Martina dijo:

—¿Quieres subir conmigo?

—¿Adónde?

—A casa de Toni.

—Tal vez a tu hermano no le apetezca que yo...

—Él no está.

—Pero si se entera...

—No se enterará. Toni está muerto.

Subieron en silencio hasta el piso. A Igor le habían impresionado las últimas palabras de Martina, sobre todo por cómo las había dicho.

Ella levantó las persianas y, cuando la claridad se apoderó

de todo, le condujo hasta ese rincón lleno de cojines, donde se dejó caer.

—Me gusta mucho venir —continuó hablando, como si en ese momento hubiese adquirido el firme compromiso de hablar—. En realidad, ésta es mi casa. Toni quiso que fuese para mí. Pero tengo que venir en secreto. A mi tía no le gusta que me encierre aquí.

Igor miró con curiosidad a su alrededor y se dejó caer sobre el montón de cojines, donde ya estaba sentada Martina.

—Es un piso muy bonito —dijo.

—Muy bonito, muy grande, muy céntrico, muy caro... Mi tía Carmen me lo repite constantemente. Y yo sé que en esas reiteraciones se esconde una pregunta que no se atreve a decir en voz alta.

—¿No vives con tus padres?

—No, ellos están en el pueblo. ¿Tú eres de pueblo?

—Soy de aquí.

—Yo soy de un pueblo del norte, de montaña. Para llegar a él, lo primero que tienes que hacer es ir a la estación del Norte; lo segundo, coger el tren de Santander. Cuando, al cabo de algunas horas de viaje, tus narices perciban un olor a galleta recién horneada, bájate.

—¿Ya hemos llegado?

—Todavía no. Tendremos que coger un autobús hasta otro pueblo algo más pequeño, rodeado de escombreras de carbón e instalaciones mineras abandonadas.

—¿Es ahí?

—Tampoco. Ahora tenemos dos opciones: darnos un paseo de varios kilómetros con la maleta a cuestas o coger un taxi. Si la maleta no pesa demasiado, te recomiendo el paseo. Merece la pena. Todo es muy bonito.

—Descríbemelo.

—Me lo pones difícil. Trataré de imaginarme que estoy haciendo una redacción. Veamos: la carretera asciende serpenteante entre la frondosidad del bosquecillo de La Pedrosa. Los robles lamen el asfalto siempre húmedo. Hay mil tonalidades a mi alrededor, mil colores, mil ruidos misteriosos, mil olores... Muy cerca, casi oculto por el sotobosque, corre un riachuelo. Y de pronto, cuando ya la respiración comienza a ser entrecortada por la fatiga, a la salida de una curva suave, aparece ante mis ojos el perfil sobrio y reposado del pueblo, que apenas se eleva del suelo, acomplejado quizá por la sierra majestuosa. Unos chopos aislados junto al camino parecen darme la bienvenida, junto a la ermita pequeña y solitaria que... que... ¿Qué tal?

—Te pondré sobresaliente en lenguaje.

—¿Sabes lo primero que hago siempre que llego a mi pueblo?

—No.

—Me acerco a la fuente del barrio de abajo y bebo hasta que la friura del agua me pasa los dientes. Luego me siento en los poyos y respiro en profundidad mirando a mi alrededor, comprobando que absolutamente todo está en su sitio: las casas de piedra, los tejados combados, el asfalto cuarteado de la carretera... Y más allá, el monte de hayas, los acebos, las escobas, los prados, los neveros... Si mi abuelo me ve, sale de casa y se sienta a mi lado. «¿Ya te has saciado, guaja?», me pregunta sonriendo. «Es el agua más rica del mundo, abuelo», le respondo. «Pues yo prefiero el vino de Valladolid: de Rueda, de Cigales...»; y cuando sonríe, sus ojos se convierten en una chispa brillante que asoma entre las arrugas de su rostro tan viejo.

—Te debe de gustar mucho tu pueblo.

—Ahora más que antes, más que cuando vivía en él. Cuando estaba allí, lo que más deseaba era venirme con Toni; sin embargo, ahora no sé qué pensar. Tendré que quedarme aquí, quiero ir a la universidad. Eso sí, en cuanto tenga unos días libres me voy a la estación del Norte y...

—... coges el tren de Santander hasta donde huela a galletas.

—¡Ah! ¡Lo has aprendido bien!

—Claro, a lo mejor un día te hago una visita.

—Eso sería... estupendo.

Permanecieron unos segundos en silencio, hasta que Igor, con la mirada baja, cambió de conversación.

—¿Hace mucho que murió...? —preguntó titubeando.

—Un año —Martina respondió con la mirada perdida entre

los dibujos del pavimento, y añadió—: Toni era mi hermano mayor, al que apenas conocía porque se fue del pueblo cuando tenía dieciséis años y sólo regresó alguna que otra vez. Me sacaba más de diez años, pero siempre sintió por mí algo especial, algo... no sé cómo explicártelo.

—¿Y por qué se marchó?

—Mi padre le había planificado el futuro. Esperaba contar con su ayuda para poner un pequeño negocio en un pueblo de al lado, más grande que el nuestro; pero Toni lo rechazó todo. Discutió mucho con mi padre y un día se marchó. Y desde entonces yo me convertí en el principal vínculo de Toni con su familia, con su casa, con su tierra... Sólo a mí me escribía y sólo yo le contestaba. Ni la distancia ni los años nos separaron. El año pasado le escribí una carta diciéndole que quería estudiar una carrera en la universidad. Me respondió entusiasmado, animándome a hacer la maleta enseguida. Estaba dispuesto a ayudarme en todo. Pero... dos semanas después, la guardia civil se presentó en el pueblo preguntando por mi padre. Toni... había muerto.

—Debió de ser muy duro.

—Él era mucho más que un hermano para mí. Por eso, y en contra también de mis padres, decidí venirme. Como mi tía Carmen vive aquí y no tiene hijos, viviría con ella, a pesar de que cuando Toni compró esta casa la puso a mi nombre.

—¿Es el de las fotografías? —preguntó Igor, señalando unas fotografías que había sobre un pequeño mueble estantería.

—Sí.

—Y la chica que está con él... ¿Era su novia?

—No sé. Me he dado cuenta de que no sé casi nada de Toni. Vine aquí tratando de reconstruir su vida, pero todo es mudo: los muebles, los cojines, los *posters* de las paredes... Parece como si antes de morir hubiese destruido lo que había sido. Es todo muy confuso. Ni siquiera ese montón de discos puede explicarme cuáles eran sus gustos musicales. Hay de todo: música clásica, *rock* americano e inglés, cantantes españoles, música suramericana... Hay varios discos de Violeta Parra, y en la portada de uno de ellos, con rotulador rojo, Toni escribió una frase: «Pupila de águila».

—¿Qué significa?

—La frase está sacada de una canción de Violeta Parra.

—¿Y quién es ésa?

—Yo tampoco la conocía, pero ahora me sé casi todas sus canciones de memoria. Creo que a Toni debía de gustarle mucho. Siento que su música es lo único que me acerca un poco a mi hermano.

—¿No conoces a los que aparecen en las fotos?

—A nadie. A veces me voy a la calle y miro a la gente, confiando en que la casualidad me acerque a una de esas personas que se fotografiaron con Toni.

—Es raro —pensó Igor en voz alta.

—Es raro; pero sobre todo es desesperante. ¿Quién era mi hermano? ¿Qué hacía? ¿En qué trabajaba? En algo tuvo que trabajar: este piso le costó varios millones, que pagó al contado. Pero... ¿dónde están sus papeles? Todo el mundo tiene papeles.

—¿Y cómo murió tu hermano? —Igor se decidió al fin a hacer una pregunta que había rondado varias veces su cabeza.

—En un accidente de coche. Cayó por un precipicio, se produjo un incendio y... Pero en realidad el coche se despeñó porque Toni quiso.

—¿Qué quieres decir?

—Dejó una nota explicándolo. Se suicidó.

6

EL examen de matemáticas no es que le hubiese salido mal; pero sin duda alguna le podía haber salido mejor si la tarde anterior, en vez de charlar con Igor, se hubiese dedicado a estudiar de firme.

De pronto, Martina reflexionó un instante: ¿Charlar con Igor? ¿Acaso no había sido ella la única que había hablado y hablado hasta cansarse?

Siempre sucedía lo mismo. Ella lo contaba todo, lo daba todo, se entregaba por completo... Pero ¿y los demás? Porque ya estaba harta del hermetismo de Igor, de su conversación de circunstancias, de su falta de opiniones... Bien era verdad que había sido ella quien en un principio se había sentido atraída por ese jovencito suicida en potencia; pero, al cabo de los días, ¿qué sabía de él? Prácticamente nada.

Estaba embebida en estos pensamientos cuando sonó el teléfono. A pesar del sobresalto inicial, permaneció inmóvil, todo su cuerpo en tensión, pero sin inmutarse lo más mínimo. Dejó sonar el teléfono. Una vez, dos veces, tres... ¿Sería su tía Carmen, como siempre? ¿Y quién si no? Cuatro, cinco, seis... Pues no descolgaría el auricular, esta vez sería fuerte y resistiría la tentación. Siete, ocho, nueve... No, no podía descubrirse otra vez; su tía la había amenazado con retirarle definitivamente la llave del piso de Toni, y si cumplía su palabra tendría que hacer un montón de «méritos» para volver a conseguirla. Diez, once, doce... Sin darse cuenta, se incorporó y se acercó hasta la mesita del teléfono; su mano se detuvo a escasos centímetros del aparato. Trece, catorce, quince... Insistía mucho para ser su tía Carmen, ella solía colgar antes. ¿Y si era algún amigo de Toni, algún viejo amigo que quería saludarle de nuevo? Dieciséis, diecisiete, dieciocho... Podía sacar un duplicado de las llaves antes de volver a casa; así, aunque su tía se las quitase, seguiría entrando en el piso. Diecinueve, veinte, veintiuno...

Descolgó el auricular y permaneció callada. Al momento, una voz masculina comenzó a repetir su nombre.

—¿Martina? ¿Martina? ¿Eres tú?

—¿Quién eres? —respondió al fin.

—Igor.

—¿Igor?

—Sí, Igor. ¿Por qué te sorprendes?

—¿Cómo has sabido el número del teléfono?

—Me fijé ayer. Tengo buena memoria.

—¿Y cómo has sabido que yo estaba aquí?

—Te vi entrar.

—¿Cómo?

—Que te vi entrar.

—Pero... ¿cómo me viste entrar?

—Pues... viéndote.

Martina, a la que aún no se le había pasado la agitación causada por la llamada, se encontraba muy confusa. Podía haber esperado cualquier cosa, excepto que Igor estuviese al otro lado del hilo.

—No entiendo nada.

—Ayer nos separamos y se nos olvidó quedar para otro día. Tenía dos caminos para volver a verte: ir a la estación del Norte o venir aquí.

—¿Dónde estás?

—Muy cerca. En una cabina. Si te asomas a la ventana podrás verme.

—¿Y qué quieres?

—Verte.

—¿Para qué?

—Tengo que decirte una cosa.

—Pues dímela.

—Prefiero decírtela personalmente.

—Tengo que estudiar, acabo de empezar los exámenes finales y...

—Es muy importante.

—Bueno, ahora bajo.

Martina cerró cuidadosamente las puertas, bajó las persianas, apagó las luces, recogió sus libros y salió. Igor estaba frente al portal, al otro lado de la calle. Le sonrió e inició unos pasos sin mirar a su alrededor, por eso no vio a un señor que transitaba en ese momento por la acera. Se chocó contra él y sus libros rodaron por el suelo.

—¡Oh, perdón! —se disculpó Martina, reconociendo su responsabilidad en el percance.

—¿Te has hecho daño? —preguntó con gesto de amabilidad aquel señor, que se agachó prestamente para ayudar a Martina a recoger sus libros.

—Siempre me ocurre lo mismo. Soy muy alocada —comenzó a lamentarse Martina.

—No ha sido nada.

—Pero hace poco me caí por las escaleras. Tuvieron que operarme y todo.

El señor, con una sonrisa de cordialidad en sus labios, entregó los libros a Martina. Ella, por primera vez, se fijó en su rostro; era un hombre joven, de unos treinta años, alto, con el pelo largo y rizado y con un bigote espeso y grande. Su cara, sus modales, su aspecto... eran muy agradables, al menos esa idea le sobrevino enseguida a Martina.

Igor, cuando por fin había encontrado un hueco entre el denso tráfico de la calle, cruzó y se acercó a ellos. El hombre se despidió cortésmente y se alejó deprisa.

—¿Te has hecho algo en la pierna? —preguntó Igor.

—No, nada.

Martina volvió la cabeza hacia aquel señor, que ya se encontraba a considerable distancia y que seguía caminando calle abajo.

—¡Qué tipo tan raro!

—¿Por qué?

—No sé. Parecía muy amable; pero cuando te ha visto, ha salido casi corriendo.

—Querría ligar contigo —sonrió Igor.

—Pues no me hubiese importado —sonrió también Martina—. Es un hombre muy atractivo.

Igor recogió un papel que aún seguía en el suelo y se lo entregó a Martina.

—¿Damos un paseo? —le preguntó.

—Oye, he bajado porque tenías que decirme una cosa importante —Martina adoptó un gesto severo—. Tengo que estudiar, estamos en época de exámenes. ¿Es que tú no tienes que estudiar?

—No —se encogió de hombros Igor.

—¿Trabajas?

—No.

—¿No haces nada?

Igor volvió a encogerse de hombros.

—Hoy he hecho algunas cosas. Si damos un paseo te las cuento, te van a interesar.

—Necesito estar segura de que esas cosas me van a interesar.

—Se trata de Toni. He encontrado una pista.

Igor comenzó a andar. Martina, poseída de pronto por una súbita inquietud, le siguió.

—¿Qué puedes haber encontrado tú?

—¿Recuerdas las cuatro fotografías que me enseñaste?

—Claro.

—En tres está tu hermano con esa chica, y en la cuarta aparece con un grupo de gente, ocho o diez personas.

—Sí.

—Pues creo haber reconocido a una de esas personas.

Martina se detuvo en seco y, con su mano libre, agarró a Igor por un brazo.

—¿Estás seguro? —le preguntó con una aparente dureza que ocultaba la emoción que de pronto había comenzado a sentir.

—Creo que sí. Al ver la foto, la imagen del hombre que está justo detrás de tu hermano me resultó familiar. No te dije nada entonces porque, aunque estaba seguro de conocerle, no conseguía identificarlo.

—¿Y sabes quién es?

—Esta mañana estuve con mis amigos. Ellos me ayudaron a recordar. Se llama Jorge Barciela.

—¿Y a qué esperas? ¡Llévame con él!

Igor tuvo que insistir mucho hasta que convenció a Martina de que a esas horas Jorge Barciela no estaría en su oficina de la Gran Vía; la única posibilidad de localizarle era yendo por la mañana, y ni siquiera así sería seguro.

Igor comenzó a caminar en silencio. Martina, que se había alterado mucho al oír la revelación de Igor, sentía crecer su agitación cada segundo que Igor permanecía callado. Por fin, se detuvo en seco y se encaró a él.

—¡Dime al menos de qué conoces a ese tipo! —le gritó.

Habían salido ya a Alberto Aguilera y caminaban en dirección a la glorieta de San Bernardo. El tráfico de media tarde era muy intenso y la contaminación se acrecentaba por momentos, a medida que la gran ciudad iba cobrando su aspecto más característico.

—¿Es que no piensas responderme? —insistió Martina.

Igor alzó la mirada cuando un semáforo cambiaba de color y el monigote verde daba paso a los viandantes.

—Vamos a cruzar —y cogió a Martina de la mano y tiró de ella.

Ganaron la acera opuesta e Igor continuó tirando de Martina hasta introducirse por la calle Conde Duque.

—¡Suéltame! —volvió a gritar Martina.

—Vamos a otro lugar. Hay demasiado ruido aquí —se justificó al fin Igor.

—¡No puedo andar tan deprisa!

Igor se detuvo y se volvió hacia ella; su gesto se dulcificó al instante.

—Perdona. Me había olvidado de tu pierna.

—¿Siempre reaccionas de la misma manera?

—No, no siempre. Pero tú me haces preguntas y yo no logro concentrarme para responderte.

—¿Concentrarte? ¿Necesitas concentrarte?

—A veces necesito... No, no. O sí. Necesito un poco de tranquilidad de vez en cuando, que me dejen todos en paz.

—Pues entonces me voy.

—No lo digo por ti. No he debido de explicarme bien.

Igor movió la cabeza de un lado a otro, como reprochándose algo a sí mismo. Se restregó las palmas de las dos manos por el rostro con fuerza, tratando tal vez de aplastar algo que le aterrorizaba, y luego miró a su alrededor varias veces. Alzó su brazo derecho y señaló en dirección al viejo cuartel de Conde Duque.

—Allí hay un jardincillo —dijo—. Vamos a sentarnos un rato.

Y en ese pequeño rincón verde engullido totalmente por la ciudad, en un banco soleado frente a uno de los laterales del antiguo edificio, Igor fue aclarando las ideas de su cabeza, ese maldito puñado de ideas que cada vez le costaba más trabajo poner en orden.

—Jorge Barciela tiene un mal rollo —dijo al cabo de varios minutos de silencio.

—Eso a mí no me importa.

—Muy malo —insistió Igor.

—Sólo quiero que me hable de Toni.

—Si tu hermano tenía algo que ver con Jorge Barciela, vas a llevarte una desilusión

Martina también se quedó en silencio, intentando reflexionar con un mínimo de serenidad. ¿Qué quería decirle Igor? ¿Que su hermano no era un santo? Bueno, ¿y qué? Muchas veces había pensado en esa posibilidad. No la asustaba la verdad. Es más, estaba deseando conocerla.

—Te garantizo —dijo Martina al cabo de un rato— que no hay peor desilusión que la de ignorar todo sobre Toni.

—Jorge Barciela te resultará muy desagradable.

—¡No me importa! —gritó Martina, que por un momento perdió los nervios—. ¡Quiero saber por qué mi hermano se tiró con un coche por un precipicio! ¡Quiero saberlo! Y por si ese Jorge Barciela puede aclarármelo, quiero verlo de inmediato. Si no quieres acompañarme, iré sola.

Igor se sintió crispado por los gritos de Martina, que de pronto se le encaraba, como si él tuviese la culpa de todo lo sucedido. Se levantó de un salto del banco y apretó sus puños con desesperación.

—¡Mañana iremos a ver a Jorge Barciela! —gritó también—. ¡Mañana! ¡Si no tuviese interés no me hubiera preocupado siquiera del asunto!

Martina se cubrió el rostro con sus dos manos; luego respiró profundamente.

—Perdona —le dijo—. He perdido el control. Me pasa a veces, o mejor dicho, me pasa casi siempre.

Igor continuaba en tensión.

—Sólo quería prevenirte, porque...

Martina le tendió una de sus manos sin levantarse del banco, invitándole a sentarse de nuevo. Igor la estrechó entre las suyas y tomó asiento.

—¿Me perdonas? —Martina arrugó graciosamente el ceño, consiguiendo una expresión mitad suplicante, mitad burlona.

—Pues claro —dijo Igor, soltando la mano de la muchacha y dejando que su vista se perdiese entre la frondosidad de unos árboles que había frente a ellos.

Los dos permanecieron unos minutos en silencio, sumidos en una especie de sopor, o ensoñación, favorecido por un monótono y constante zumbido que la gran ciudad producía sin interrupción y que invadía aquel parquecillo. Poco a poco, dentro de la nebulosa cálida en que se había convertido su mente, Martina fue dando forma a algunas ideas que, sin duda, seguían preocupándola: Igor, sobre todo Igor, y su conversación a la defensiva. Tal vez era el momento oportuno para intentar saber algo más de Igor.

—Y tú... ¿cómo conociste a Jorge Barciela? —le preguntó de repente.

Igor, sorprendido, más que por la pregunta, por la contundencia con que había sido expresada, se sintió de pronto sacudido.

—Habíamos oído hablar de él —respondió enseguida, como si de un interrogatorio se tratase.

—Pero... ¿quiénes?

—Los del grupo. Yo no te he hablado aún del grupo.

—Pues háblame.

Martina se había convertido de repente en un fiscal acusador que quería conocer la verdad y nada más que la verdad de ese nervioso muchachito al que tanto trabajo le costaba ordenar su cabeza.

—Unos amigos... y yo. Fue el año pasado, en el verano. Éramos cuatro... Nos gustaba la música. Ya sabes... Decidimos formar un grupo.

—¿Un conjunto musical?

—Pues claro.

—Continúa.

Igor se desabrochó la correa del reloj y comenzó a jugar con él entre sus dedos nerviosos.

—Pero yo no estaba muy seguro de querer formar un grupo.

—¿Por qué?

—No sé. Por un lado me apetecía, pero no estaba seguro. Yo... es que... nunca estoy seguro de nada. Se empeñaron... Juan, Manu... Y también Lola.

—¿Lola?

—Es una amiga.

—¿Lola también formó parte del conjunto?

—No, sus padres no la dejaron. Empezamos Juan, Manu y yo. Luego se nos unió Alberto.

—¡Es muy interesante! —Martina se dejó ganar por la sorpresa de aquella revelación y, sin darse cuenta, suavizó su tono—. Pero tú... ¿sabes tocar algún instrumento?

—Sí.

—¿Sabes música?

—En realidad era el único que sabía algo de música. Los demás, ni idea. Desde que tenía cuatro años he estudiado música.

—¡Qué suerte!

—Alguien nos habló de Jorge Barciela. Nos dijeron que, entre otras cosas, producía discos de grupos que empezaban. Yo no quería ir. Sabía que todo nuestro repertorio era una porquería. Pero Juan y Manu se empeñaron. Y también Lola.

Igor se detuvo de repente. Martina, ansiosa por conocer el

desenlace de aquella historia, volvió a asediarle con sus preguntas:

—¿Y qué más?

—Fuimos. Llamamos cien veces por teléfono hasta que conseguimos concertar una entrevista. Nos dijo que fuésemos a sus estudios de grabación, en las afueras de Villalba, un pueblo de la sierra.

Igor comenzó a reír.

—¿Y qué pasó después? —Martina no le concedía tregua.

—Aquel lugar parecía cualquier cosa excepto un estudio de grabación. Era como un almacén destartalado y sucio... Jorge Barciela no nos hizo ni caso, rodaba un vídeo en una pequeña habitación iluminada con potentes focos. Las puertas estaban abiertas de par en par y, aunque no podíamos ver con claridad el plató, sí adivinamos enseguida de qué se trataba.

—¿Y de qué se trataba?

—Pornografía.

Martina bajó la mirada y su expresión cobró una seriedad que hasta entonces no tenía. Igor permaneció un rato en silencio, y luego, en otro tono, añadió:

—Había algo en aquel lugar que nos asustaba. Cuando Jorge Barciela se dignó acercarse a nosotros, ya todos sabíamos que no conseguiríamos nada. Estaba borracho, apestaba a alcohol a distancia. Creo que lo único que hizo fue burlarse de nosotros delante de aquella gente.

Martina había ido representándose en su mente la imagen de aquel hombre y, al final del relato de Igor, aquella imagen había conseguido perturbarla de verdad. Comenzó a acariciarse las pantorrillas muy despacio.

—¿Te duele la pierna? —preguntó Igor al verla.

—No; estoy bien.

Se produjo un largo silencio, que sólo Igor rompió indeciso al cabo de un rato.

—Por eso quería decirte que Jorge Barciela es un tipo...

Martina le miró y le sonrió con dulzura y agradecimiento. Luego, se levantó del banco e Igor la imitó. Se miraron a los ojos y se sonrieron.

—Por cierto —dijo Martina— ¿cómo se llamaba vuestro grupo?

—A ver si lo adivinas.

—Supongo que sería un nombre de esos... divertido, mordaz, algo revulsivo... «¿Sabandijas Despanzurradas?»

Igor comenzó a reír a carcajadas. Tanto, que hasta se llevó las manos al estómago para retorcerse a gusto. Martina nunca le había visto así y se alegró de que su ocurrencia hubiese servido para hacerle reír de aquella manera.

Entre bromas, iban a abandonar ya aquel parquecillo cuando Martina reparó en un hombre que estaba sentado en un banco en el extremo opuesto y que trataba de ocultarse tras un periódico desplegado.

—¿Te has fijado en ese hombre? —preguntó a Igor.

—No, ¿quién es?

Martina cogió de la mano a Igor y le obligó a correr hasta la cercana calle Conde Duque; sólo entonces se detuvo y volvió la cabeza, parapetándose entre los coches aparcados.

El hombre del periódico se había levantado del banco y, mirando a un lado y a otro, caminaba hacia una de las salidas.

—¿Lo ves ahora?

—Es el hombre con el que chocaste al salir de la casa de tu hermano.

—Sí, es él.

7

HABÍAN quedado en la puerta del cine Azul a las once de la mañana. Igor, sobre todo impulsado por el desasosiego de Martina, había llegado a la conclusión de que lo mejor sería presentarse en la oficina de Jorge Barciela por las buenas, sin previo aviso ni cita alguna. Tal vez tendrían que pelearse con alguna de sus secretarias, pero con un poco de suerte podrían ser recibidos. Y sólo deseaba que aquel hombre no se encontrase tan borracho como el día que le conoció.

Desde las once menos veinte, Igor se encontraba apoyado en una de las columnas metálicas del chaflán, frente a las taquillas, sentado en los escalones blancos que daban acceso al cine. Antes de acudir a la cita había telefoneado a Juan y a Manu para confirmar la dirección de las oficinas de Jorge Barciela. Y aunque ninguno recordaba con exactitud el número de la Gran Vía ni el piso donde se encontraban, todos coincidían en señalar una cafetería y un establecimiento de cerámica como referencias. Entre ambos locales se encontraba el portal. El resto era sencillo: bastaría mirar en los buzones hasta encontrar el nombre de BARCISA, razón social de la empresa de Jorge Barciela.

A las once menos cuarto llegó Martina.

—Eres puntual —le dijo a Igor a modo de saludo.

—¿Puntual? —Igor miró su reloj—. Falta un cuarto de hora para las once.

Sin cruzar más palabras comenzaron a ascender la Gran Vía, que en aquel momento, como casi siempre, era transitada por multitud de gente de la más variada condición y procedencia.

—¿Ya sabes en qué número están esas oficinas? —preguntó Martina.

—Un poco más arriba, a la izquierda.

Caminaron unos metros en silencio y, al detenerse ante un semáforo en rojo, Martina, girando levemente la cabeza, le preguntó a Igor:

—¿Has vuelto a ver a ese hombre?

—¿A qué hombre? —Igor parecía desconocer totalmente el significado de la pregunta.

—El de ayer, el del periódico...

—¿Con el que chocaste al salir de casa de tu hermano?

—El mismo.

—No he vuelto a verlo. ¿Por qué?

—Por nada.

Martina aceleró el paso. Era ella la que ahora no quería seguir la conversación. En su casa, durante la noche anterior, antes de conciliar un sueño que se le mostró especialmente esquivo, había pensado mucho en aquel hombre. Descartó que su presencia en el parquecillo del cuartel de Conde Duque se debiera a una simple casualidad. Ese hombre los siguió desde Meléndez Valdés. Eso estaba muy claro. Por eso se levantó del banco cuando ellos se fueron apresuradamente del parque, por eso miraba con ansiedad a todas partes tratando de descubrirlos de nuevo... Los seguía, no cabía duda. Después de barajar varias posibles respuestas, había llegado a una conclusión que parecía clara y contundente: ese hombre no podía seguirla a ella, pues no había ningún motivo para que lo hiciese; por tanto, el vigilado tenía que ser Igor.

Cuando llegó a esa conclusión lo vio todo claro. Igor era un suicida en potencia, había intentado ya una vez quitarse la vida, y quién le decía a ella que no iba a intentarlo de nuevo. Tal vez sus padres pensasen lo mismo y hubiesen contratado a una persona, una especie de detective privado, para que le vigilase a todas horas. Era lo más verosímil. Aquel hombre del periódico tenía el aire inequívoco de los detectives de las películas de televisión.

Por tanto, sería mejor no hablar, no volver a nombrarlo. Era importante que Igor no se sintiese vigilado, al menos eso creía, y no sería ella quien se lo dijese.

Igor se detuvo frente a un portal no muy grande y de aspecto algo antiguo, al que se accedía entre una cafetería recién remozada y una tienda de cerámica.

—Aquí es —dijo.

Y como guiados por un mismo impulso, los dos penetraron en aquel edificio. Igor se detuvo ante las hileras de buzones empotrados en una de las paredes. Con su mirada fue recorriendo los rótulos en busca de un nombre conocido.

—¿Qué buscáis? —una voz resonó a sus espaldas.

Era la voz del portero del inmueble, un hombre de mediana edad que vestía uniforme gris y que estaba terminando de comer un bocadillo que desprendía un fuerte olor a chorizo.

—Barcisa —respondió Igor.

—Séptimo —añadió el portero con la boca llena—. Despacho nueve.

Subieron en el ascensor hasta la séptima planta. Igor cogió de una mano a Martina con nerviosismo y tiró de ella hacia un pasillo que se abría, algo tenebroso, a la derecha.

Llegaron a una puerta entreabierta. Por la rendija podía verse una habitación no muy grande con varias mesas de escritorio repletas de papeles y varios armarios y ficheros igualmente llenos. Precisamente tras la mesa más cargada de papeles se encontraba una joven atractiva, que en esos momentos colgaba un teléfono.

—¿Se puede? —preguntó Igor desde la puerta.

—Sí, sí —contestó la joven.

Pasaron al interior de la sala y observaron el enorme desorden que reinaba en ella. Los papeles parecían estar desparramados, en vez de colocados, por todas partes. Al fondo había una puerta cerrada. Igor pensó que tras ella se encontraba Jorge Barciela.

—¿Barcisa? —preguntó Igor, a pesar de que en la puerta ya había visto un rótulo con ese nombre.

—Sí —respondió la joven atractiva—. ¿Qué deseáis?

—Queremos ver a Jorge Barciela.

La joven interrumpió con brusquedad un movimiento de sus manos, que en esos momentos organizaban una carpeta, y en su rostro, ganado súbitamente por una enorme sorpresa, se heló esa sonrisa de bienvenida con la que los había obsequiado.

—¿Cómo? —preguntó, revistiendo su tono de cierta dureza.

—Ya sé que deberíamos haber concertado una cita, pero se trata de algo urgente, de algo que no puede esperar.

La joven, ahora con un gesto de recelo y desconfianza, miraba alternativamente a Igor y a Martina, como esperando algo más.

—Sólo un minuto —añadió Martina—. Seremos muy breves, no le haremos perder tiempo.

La joven depositó la carpeta, que sus manos aún sostenían, sobre la mesa y luego, adoptando un aire muy diferente, cordial y afectuoso, se levantó.

—Bueno, chicos —les dijo—. Olvidaos de Jorge Barciela. Él ya no promociona grupos musicales ni nada por el estilo.

—No venimos a eso —continuó Martina—. Se trata de algo personal.

—¿Personal? —se extrañó la joven.

—Sí, muy personal. Y muy importante, al menos para mí.

La joven se pasó una mano por la frente, como enjugándose un inexistente sudor; luego la dejó caer por sus cabellos, deteniéndola en un mechón, con el que jugueteó unos instantes.

—No sé lo que pretendéis —les dijo sin soltar el mechón—, pero largaos de aquí. Dejad en paz a Jorge Barciela y dejadme en paz a mí.

—No nos iremos hasta que hablemos con él —dijo Martina con resolución, elevando el tono de su voz.

La joven abandonó su mesa y se encaró a los dos muchachos. Su tono fue aún más duro.

—Si no os marcháis ahora mismo descolgaré el teléfono y llamaré a los de seguridad. Por si no lo sabíais, este edificio cuenta con un eficaz servicio de seguridad: dos muchachitos de un metro noventa de estatura que no se andan con contemplaciones.

Igor cogió a Martina del brazo y la llevó hacia la puerta.

—Buscaremos otro sistema —le dijo en voz baja.

Cuando estaban a punto de franquear la puerta de salida,

Martina se volvió de golpe y, cargando sus palabras de ironía, le dijo a la joven a modo de despedida:

—Dile a Jorge Barciela que ha estado la hermana de Toni Soriano.

Al oír aquel nombre, la joven pareció estremecerse de pies a cabeza. Martina la observó con detenimiento para no perderse ningún detalle. Pudo ver cómo su rostro cambiaba de color, cómo un extraño nerviosismo la invadía y cómo su mirada, antes dura e inquisitiva, ahora evitaba encontrarse con la suya. Los tres permanecieron unos segundos en silencio. Martina había logrado su propósito. Esa joven había conocido a su hermano. Ahora ya no le importaba tanto ver a Jorge Barciela. La perseguiría a ella hasta descubrir todo lo que ansiaba. Iba a darse la vuelta para marcharse, pero un brazo de la joven se interpuso en su camino.

—¿Tú eres la hermana de Toni? —preguntó sorprendida.

—Sí.

—No os vayáis. Pasad de nuevo y perdonad mi brusquedad.

La joven, aunque quería aparentar a toda costa calma y dominio de la situación, lo cierto es que desde que oyó el nombre de Toni Soriano estaba profundamente alterada.

—Esperad un momento —continuó, mientras se dirigía a la puerta del fondo—. Esperad, no os vayáis.

La joven desapareció tras la puerta. Igor y Martina se miraron.

—Te dije que no sería agradable —comentó Igor.

—Te aseguro que es lo más agradable que me ha sucedido en los últimos meses —respondió Martina.

Enseguida se abrió la puerta del fondo y asomó parte de su cuerpo un hombre muy obeso, de labios carnosos y ojos pequeños, casi tapados por unas pobladas cejas; de tez reluciente y amplias entradas. Vestía un viejo traje que la generosidad de sus carnes había ido marcando con pliegues indelebles. En la comisura de sus labios, como pegada por arte de magia, una colilla de puro apagada y húmeda. Miró a los muchachos y les hizo un gesto con la mano, indicándoles que podían pasar.

Martina e Igor penetraron en el despacho de aquel hombre,

mientras la joven, que había permanecido junto a la puerta, salía y cerraba con cuidado. Igor miró a todas partes, confuso. El hombre obeso se sentó en un sillón giratorio, tras una gran mesa de despacho, e hizo un gesto a los jóvenes para que tomasen asiento en dos sillas que había al otro lado.

Igor continuaba mirando a todas partes; había algo que no encajaba, algo que tenía que decir a toda costa y cuanto antes a Martina. La sujetó por un brazo e inclinándose hacia ella le susurró al oído:

—Ese hombre no es Jorge Barciela.

El hombre, que no había dejado de mirarlos un solo segundo, comenzó a reír.

—No, no soy Jorge Barciela —dijo, y abriendo uno de los cajones de su mesa sacó una botella de coñac, llenó una taza manchada de café que permanecía sobre su escritorio y mojó en ella varias veces la colilla del puro, volviéndola a colocar entre sus labios.

—Nosotros queremos ver a Jorge Barciela —dijo Igor, intentando adoptar un aire de seguridad que hasta el momento no había conseguido.

—Ya, ya... —dijo el hombre obeso, y volvió a mojar la manoseada colilla en el coñac.

—¿Vendrá por aquí? —insistió Igor.

—No, no vendrá —respondió el hombre.

—Pero esta oficina... En la puerta hay un cartel que dice...

—Barcisa —le interrumpió el hombre—. Eso dice el cartel de la puerta. De Barciela, sociedad anónima. Aún no he tenido tiempo de quitar ese letrero. Le diré a Mónica, la chica que os ha recibido, que lo quite mañana.

—¿Quiere decir que Jorge Barciela ya no volverá por aquí?

—No, no volverá.

Se produjo un largo silencio. El hombre obeso, jugueteando constantemente con el puro entre sus labios carnosos y húmedos, clavó su mirada en Martina. La muchacha comenzó a sentirse incómoda, y sólo haciendo un gran esfuerzo pudo romper aquella situación tan embarazosa.

—¿Usted conoció a mi hermano? —preguntó.

—Personalmente, no —le respondió el hombre sin quitarle los ojos de encima.

—Pero Jorge Barciela sí le conoció, ¿no es eso? —insistió Martina.

—Sí, sí, claro...

El hombre se revolvió en el sillón giratorio y apoyó sus antebrazos en la mesa. Martina, que se sintió un poco asustada por aquel gesto, se aplastó contra el respaldo de la silla.

—Y usted... —Martina continuó—. ¿Qué sabe de Toni? No es por nada especial, simplemente... me gustaría conocer cosas, si...

—¿Qué te gustaría saber? —la interrumpió aquel hombre.

—Lo que sea, cualquier detalle. Mi hermano desapareció sin dejar huella. Sólo pretendo saber cómo era de verdad.

El hombre retiró sus brazos de la mesa y se dejó caer sobre el sillón.

—Olvídalo. Él está muerto. Y a los muertos hay que dejarlos en paz.

Martina se puso de pie instintivamente, e Igor la imitó al instante. Estaba muy alterada; la parsimonia de aquel hombre la sacaba de sus casillas.

—Dígame al menos dónde puedo encontrar a Jorge Barciela.

El hombre volvió a mojar la colilla del puro en la taza de coñac y, antes de colocarla de nuevo entre sus labios, respondió:

—En el cementerio.

Martina retrocedió asustada, acercándose a Igor. Al sentir la presencia de él recobró algunas de sus fuerzas.

—¿Qué quiere decir?

—Jorge Barciela también está muerto.

—¿Muerto? —la confusión de Martina era total.

—Apareció en su casa, con un cuchillo clavado en el corazón —aquel hombre hablaba despacio, recreándose en cada palabra, como si quisiese infundir terror a aquellos jovencitos incautos—. ¿No leéis los periódicos? La prensa habló del caso.

Martina, temblorosa, buscó la mano de Igor, y el muchacho, al sentir aquella agitación, pensó que había llegado el momento de marcharse. Apretó la mano de Martina y la sacó de la habitación.

Atravesaron la sala, y la joven, que permanecía en pie, los acompañó hasta la puerta de salida. Ya en el lúgubre pasillo, Martina se volvió hacia ella.

—¿Conociste a mi hermano? —le preguntó.

—No —respondió la joven bajando la mirada—. Oí hablar a Jorge Barciela de él; pero yo... yo no...

—Gracias de todos modos. Adiós, Mónica.

La joven levantó la mirada, sorprendida.

—¿Cómo sabes mi nombre? ¿Quién te lo ha dicho?

—A veces soy un poco adivina, un poco bruja, como dice mi tía.

Luego, hizo una seña a Igor y ambos se dirigieron hacia el ascensor. Mónica los contempló un instante y a continuación entró apresuradamente en el despacho, cerrando la puerta por dentro.

Descendiendo en el ascensor, Martina respiró profundamente.

—Sabes... —le dijo a Igor—. Tenías razón. Este sitio es muy desagradable.

Al salir a la calle, una vaharada cálida y contaminada les acarició el rostro. Y sintieron que aquella caricia, que apestaba a humo y a vapores irreconocibles, era lo más hermoso que podían recibir en aquel instante.

Descendían hacia la plaza de España cuando Martina descubrió junto a un quiosco de periódicos al hombre del pelo rizado y gran bigote del día anterior. Como ya tenía una explicación sobre su presencia constante junto a Igor, no le dio importancia. Es más, cruzó con él una cómplice mirada y procuró que Igor no le viese. Al fin y al cabo, la postura de los padres de Igor, contratando a un detective privado para vigilar a su hijo, era comprensible, aunque ella, que había compartido con él muchas horas en los últimos días, no le creía capaz de intentar un nuevo suicidio; es más, no podía explicarse cómo lo había intentado ya en una ocasión. Era algo que también esperaba ir descubriendo poco a poco.

—Me apetece ir a la estación del Norte —dijo al llegar a la plaza de España—. ¿Te vienes conmigo?

—Bueno —se limitó a responder Igor.

Mientras bajaban la cuesta de San Vicente, por la acera de los jardines de Sabatini, Martina le dijo a Igor:

—Tenemos que vigilar a Mónica.

—¿Para qué?

—Estoy segura de que ella conoció a Toni.

—Pero dijo que no.

—Mentía.

—Eso es mucho suponer.

—Se lo noté en la mirada, en los gestos... Si quieres, es intuición femenina; pero estoy completamente segura.

—¿No será que quieres convencerte de ello?

—Lo averiguaré. Será muy sencillo.

—¿Qué piensas hacer?

—Tendré que esperar a que esa chica salga de la oficina y abordarla en la calle, o seguirla hasta su casa... No sé. Pero estoy convencida de que fuera de ese sitio me dirá la verdad.

Igor permaneció unos instantes pensativo, y sólo el verse de repente en medio de la calle, rodeado de automóviles por todas partes, le hizo reaccionar.

—¡Eh! —gritó—. ¿Por qué no cruzamos por el semáforo, como todo el mundo?

Poco antes de llegar a la estación del Norte, Martina se detuvo y en tono muy distinto preguntó a Igor:

—¿Sigues teniendo las mil pesetas, o te las has gastado?

Igor rebuscó por uno de sus bolsillos y sacó el billete arrugado.

—Las tengo.

—¿Me invitas al teleférico? —el tono de Martina volvió a cambiar y ahora se dulcificaba un poco.

Igor asintió con la cabeza y, sin mediar más palabras, atravesaron el parque de la Tinaja y cogieron el teleférico junto a la calle del Pintor Rosales.

8

ERA, sin duda, una pequeña emoción; pero emoción, al fin y al cabo. No es que tuviese miedo, pero el hecho de verse suspendida en el aire, en una diminuta cabina de metal, casi como un pájaro, le producía un hormigueo que le recorría el cuerpo entero.

Poco antes de introducirse en la cabina, mirando con disimulo hacia atrás, había descubierto a aquel hombre del pelo rizado y el bigote que los seguía a todas partes. Ahora, sobre los tejados de la desmadejada ciudad periférica, Martina podía adivinar su silueta inconfundible en la cabina que marchaba tras la suya, a varios metros de distancia. Se colocó de manera que Igor no pudiese verlo, a no ser que volviese su cuerpo por completo, y se dedicó a mirar el paisaje, un paisaje que en esos momentos estaba repleto de raíles y unos cuantos trenes detenidos junto a los andenes.

—¡La estación del Norte a vista de pájaro! —gritó Martina, entusiasmada.

Y tras cruzar el río, de pronto, el paisaje se llenó del verdor exuberante de la Casa de Campo en primavera. Martina se fijó en Igor, que permanecía en silencio, agarrado con ambas manos al respaldo de su asiento.

—¡Que no vas a caerte! —le dijo en broma.

—Es que no me gusta sentirme colgado de un cacharro de estos.

—Pues haberlo dicho antes, no habríamos montado.

—Da igual. Aunque... lo reconozco. No sé por qué será, pero me da un poco de miedo.

—¿Miedo? —Martina puso un gesto de extrañeza—. ¿A qué?

¿A que se rompa el cable y nos matemos? ¿Desde cuándo te asusta la muerte?

Igor acusó el impacto de aquellas palabras. Y una vez más, en vez de reaccionar contra ellas, en vez de buscar una respuesta o, al menos, una salida airosa, se replegó dentro de sí mismo, empequeñeciéndose poco a poco ante la mirada de aquella chica con la que tan a gusto se sentía. Cuando se dio cuenta, ya estaba acurrucado en el pliegue más oculto de su caparazón.

Para entonces, Martina ya se había arrepentido mil veces de sus palabras y se había dedicado otros tantos insultos. Tenía que disculparse inmediatamente con Igor: su salida había sido inoportuna, estúpida, absurda y, sobre todo, cruel.

—Perdona, Igor —le dijo—. Lo he dicho sin pensar. Tengo la maldita manía de decir las cosas así, como me salen y..., claro, meto la pata cada dos por tres. Ya me lo dice mi tía, que soy muy loca y que no pienso las cosas...

Igor permanecía en silencio, asistiendo a su propio derrumbamiento, porque el proceso aún no se había detenido y él ya sólo era una minúscula partícula que seguía menguando y menguando sin cesar.

Y algo de eso debió de percibir Martina, porque de pronto comenzó a asustarse.

—¡Igor! —gritó—. ¡Igor! ¿Estás bien? ¡Dime algo! ¡Habla!

Abandonó su asiento y se sentó junto a Igor, que era presa de una gran agitación; lo cogió por los hombros con firmeza y lo zarandeó varias veces. Igor era sólo un muñeco de trapo.

—¡Igor! ¡Igor!

Martina comprendió de pronto que tenía que hacer reaccionar a Igor como fuese. No podía dejarlo así, devorado por aquella terrible angustia. Le zarandeó con fuerza, le golpeó con sus puños y, casi al borde de la histeria, ante su falta de reacción, lo abofeteó.

De pronto, Igor, como si fuese un niño pequeño, el más desamparado de los niños, empezó a llorar. Martina lo abrazó. Él se refugió en su pecho. A partir de ese momento sobraron las palabras. Igor sintió los latidos, a un ritmo acelerado, del corazón de Martina, y ésta notó en su carne las lágrimas de Igor.

Sólo cuando Martina se dio cuenta de que estaban llegando a la terminal de la Casa de Campo acercó sus labios al oído de Igor.

—Estamos llegando —le dijo—. En cuanto se abra la puerta de la cabina quiero que eches a correr, y que no te detengas hasta que yo te diga.

Y como Igor permanecía inmóvil, Martina se separó de él y le cogió la cabeza entre sus brazos.

—¿Me has entendido? —repitió— Quiero que corras a mi lado.

Igor levantó la cabeza y, con los ojos inundados de lágrimas, miró a Martina. Luego, asintió con un gesto.

Llegaron a la terminal y un empleado abrió por fuera la puerta de la cabina. Antes de salir, Martina siguió con su vista la dirección del grueso cable de acero hasta descubrir la siguiente cabina, ocupada por aquel hombre del pelo rizado y el bigote negro.

—¡Ahora! —le gritó a Igor, y de un salto salió al exterior, ante el sorprendido vigilante.

Igor la siguió a toda velocidad y en unos segundos salieron del lugar, internándose directamente por una zona arbolada. Corrieron sin tregua al menos durante quince minutos, durante los cuales Martina siempre fue por delante, hasta que Igor, al límite de su resistencia, se detuvo.

—¡No puedo más! —exclamó sin aliento.

Martina se detuvo también.

—Creo que lo hemos despistado —dijo sin darse cuenta.

—¿Qué?

—No, nada... —rectificó enseguida—. Es un juego. Me imagino que alguien me sigue y trato de despistarle. Lo utilizo a veces para entrenar.

Igor respiró profundamente; las lágrimas se habían mezclado con el sudor de su frente. Luego, los dos se apoyaron en el tronco de un árbol y lentamente se dejaron resbalar por él hasta sentarse en el suelo. Entre risas, sus espaldas se encontraron. Los rayos del sol se filtraban entre las copas de los altos pinos.

Igor volvió a respirar profundamente.

—Se está bien aquí —comentó.

La tarde era maravillosa. Sintió que su mirada se perdía en un gran vacío verde y comenzó a hablar en voz alta, y a medida que hablaba se sentía crecer, y crecer, y crecer...

9

MARTINA tenía examen por la tarde y había decidido pasarse toda la mañana estudiando. Era lo menos que podía hacer.

Igor, ante la imposibilidad de ver a Martina, había resuelto por su parte comenzar a actuar. Meditó pacientemente los pasos que debería dar para que el plan que había elaborado diese resultado. Antes de salir de su casa, buscó en la guía telefónica el número de Barcisa y lo anotó en un papel que guardó en uno de sus bolsillos. Luego, se dirigió a la Gran Vía y desde un teléfono público, situado prácticamente enfrente de las oficinas, llamó. Esperó la señal con ansiedad y su gesto se crispó cuando por el auricular escuchó una voz femenina.

—Diga.

—¿Mónica?

—Sí. ¿Quién es?

Sonrió levemente y colgó.

Se sentó en un banco de madera con el cuerpo vuelto hacia la acera de enfrente y clavó sus ojos en el portal antiguo que casi desaparecía entre la tienda de cerámica y la cafetería. ¿Cuánto tiempo tendría que esperar? Recordaba que cuando su grupo musical había contactado con Jorge Barciela, la oficina sólo funcionaba por la mañana. De ser así, lo más probable es que tuviesen jornada intensiva y entonces deberían salir alrededor de las tres; pero él mismo había podido comprobar que de aquella oficina podía esperarse cualquier cosa y que, por tanto, lo más probable es que careciese hasta de horario. Lo que era cierto es que Mónica estaba dentro y que, más tarde o más temprano, tendría que salir. Y él era de los tipos que sabían esperar.

A media mañana le dolían los ojos de tanto fijarlos en aquel portal. Realmente era difícil vigilar un sitio así, por donde pasaba tante gente y por donde circulaban tantos vehículos, a veces en oleadas tan densas que hasta le impedían ver la puerta. Pensó cruzar la calle y situarse más cerca, pero tenía miedo de ser visto y reconocido por Mónica, pues eso daría al traste con su plan.

A las dos de la tarde, además de los ojos, le dolía la espalda y sentía las piernas completamente entumecidas. Pero su esfuerzo pronto se vio recompensado, porque exactamente a las dos y siete minutos Mónica salió del portal con paso decidido y se dirigió hacia la plaza del Callao.

Igor saltó del banco y, a pesar de sentir que sus tobillos le fallaban después de tan larga inactividad, se colocó a la altura de Mónica y la siguió desde la acera opuesta. Enseguida, aprovechando un semáforo abierto, cruzó la calle y se situó tras la joven, a prudente distancia.

Mónica pasó de largo por la marquesina de la parada del autobús y unos metros más arriba se detuvo ante un quiosco de prensa, donde compró una revista. Luego, de sopetón, se dirigió a la entrada del metro y, sin aminorar el paso, comenzó a bajar las escaleras.

Igor, que descendía tras ella, no pudo disimular la alegría. Mónica utilizaba el metro como transporte y en el metro le sería más fácil seguirla. Sacó su billete y se acercó algo más a ella, pues con el gentío que en ese momento recorría los pasillos en todas direcciones temió perderla de vista.

Tan pendiente iba de la joven que ni siquiera se fijó en la dirección que tomaba. Lo pensó cuando ya estaba dentro del vagón, en el extremo opuesto a Mónica.

«Ópera», leyó en la siguiente estación. Eso quería decir que iban en dirección a Carabanchel, como indicaban algunos paneles. Aquella confirmación fue una contrariedad para Igor, ya que apenas conocía los barrios periféricos de la ciudad, y mucho menos Carabanchel, donde no había estado en su vida. Ya se veía merodeando por las calles de un barrio que se le antojaba especialmente sórdido cuando, al llegar a la cuarta estación desde Callao, la joven cerró la revista y se acercó a la puerta de salida. Igor se aprestó también a salir por otra puerta; antes miró el nombre de la estación: «Pirámides».

Esperó a que la joven se alejase unos metros y reanudó la persecución.

Salieron al exterior a una plaza muy amplia en cuyo centro se levantaban dos monolitos que de ninguna manera podían confundirse con dos pirámides. Al otro lado de la plaza, el río, cruzado por el majestuoso y viejo puente de Toledo y por otros más modernos de línea aerodinámica. Y junto al río, la autopista de circunvalación, que como casi siempre estaba al borde del colapso total.

Mónica cruzó el paseo de las Acacias y, bordeando una humeante fábrica de papel, descendió por el de Yeserías. Igor la seguía a considerable distancia, pues aunque la calzada estaba repleta de automóviles, por las aceras no marchaba casi nadie.

A los pocos minutos descubrió a su derecha un pequeño y alargado parque, situado junto al río y la autopista, en cuyo centro había una bonita fuente en medio de un estanque ovalado. Era uno de esos remansos de paz, tragados totalmente por la gran urbe, que tanto le gustaban.

La joven llegó a una moderna urbanización. Igor se detuvo, parapetándose tras unos aligustres bastante altos, y observó con detenimiento cómo la joven penetró en uno de los portales. Esperó un par de minutos y se dirigió hacia allí. El portal estaba desierto. Se acercó al mando de los pulsadores del portero automático y apretó una tecla al azar.

—¿Quién es? —se escuchó por el pequeño altavoz.

—El cartero —respondió Igor con resolución.

Se produjo un ruido metálico en la cerradura y la puerta se abrió. Entró sin perder un segundo y se dirigió a los buzones. El corazón le dio un pequeño vuelco al descubrir una etiqueta adhesiva sobre uno de los casilleros que decía: «Mónica Méndez - 10.º A».

Satisfecho, salió al exterior. Se retiró un poco del edificio y se detuvo un instante en una calle interior que daba acceso a la zona de aparcamientos. Volvió la cabeza y fue contando los pisos del edificio, deteniendo su vista en el décimo. En ese momento, un coche entraba en la calle particular en dirección al aparcamiento. Igor, al verlo, se retiró a un lado. El coche aminoró la marcha hasta casi detenerse, y luego, de súbito, aceleró bruscamente, dejando la huella de sus neumáticos en el asfalto y produciendo un chirrido espeluznante. Igor apenas tuvo tiempo de comprobar que ese coche se le echaba literalmente encima. Sólo en el último instante saltó con todas sus fuerzas hacia un lado, dando varias volteretas por el suelo antes de levantarse. Había conseguido esquivarlo por los pelos.

El coche se detuvo unos metros antes del aparcamiento. Igor trató de identificar a su conductor, pero los cristales oscuros del vehículo le impedían verlo con claridad. De nuevo el motor de aquel coche comenzó a rugir, al tiempo que se desplazaba hacia atrás a toda velocidad hasta enfilar otra vez la calle. Igor, convencido de que ese coche iba a por él, corrió como un desesperado hasta la puerta de vaivén, que ni siquiera se molestó en abrir, ya que su cuerpo chocó contra ella violentamente. En la calle, el tráfico estaba detenido en esos momentos y, sorteando automóviles, cruzó hacia el parque que había visto cuando seguía a Mónica.

Corrió hasta el estanque ovalado y se sentó en el borde de piedra, con la vista fija en la ya lejana calle, por la que de repente descubrió a ese hombre alto, de pelo rizado y espeso bigote negro, con el que ya se habían encontrado en otras ocasiones.

Igor trataba de recomponer ese extraño rompecabezas en el que se había visto introducido. Pero, a pesar de sus esfuerzos, la confusión era total; y por mucho que combinase aquellas piezas, el desorden se mantenía. ¿Por qué le había seguido aquel hombre del pelo rizado? Y lo que era mucho más importante: ¿por qué habían intentado matarle?, ¿y quién? Sin duda, tenía que ser ese hombre, no podía ser otro, estaba muy claro. Sí; aunque había algunas cosas que no lograba explicarse, como el hecho de que el hombre del pelo rizado le hubiese seguido hasta allí en coche, cuando él había utilizado el metro; pero... ¿quién si no iba a querer matarle?

Mirando constantemente a todas partes caminó hasta el

puente de Toledo. Le atrajo como un imán aquel puente sin tráfico, sólo franqueable para peatones. Comenzó a caminar por él, observando sus centenarias piedras lamidas por el tiempo. Se detuvo casi en el centro, en un punto situado entre la autopista de circunvalación y el río, se apoyó en el pretil de piedra y se quedó extasiado ante el panorama. Bajo sus pies corrían dos auténticos ríos: uno de agua, parsimonioso y ajeno, tal vez anacrónico; otro de metal y humo, desafiante caudal sin cauce fijo, vertiginoso y mudo a pesar del estruendo.

Pocas veces Igor había asistido a un espectáculo tan sobrecogedor. Sus últimas reflexiones sobre el hombre que había intentado matarle se desvanecían en su mente y poco a poco se dejaba ganar por aquellos dos ríos tan diferentes. Pensó: «Es un hermoso sitio para dejarse caer, pero... ¿a qué río?».

Luego, asustado de sus propios pensamientos, retrocedió unos pasos y, sin volver a asomarse, regresó hasta la boca de metro de Pirámides. Antes de descender las escaleras de acceso, se cercioró de que el hombre del pelo rizado y bigote negro no le seguía.

Regresó a Callao y allí transbordó hacia Moncloa. Como un autómata se dirigió a la calle de Meléndez Valdés y entró en un bar que estaba situado prácticamente enfrente de la casa del hermano de Martina, donde había quedado con ella a las seis. Miró su reloj. Eran casi las cinco. En esos momentos Martina estaría terminando su examen. Igor, mentalmente, le deseó suerte y, a continuación, cayó en la cuenta de que aún no había comido.

—Una caña y un bocadillo de tortilla —solicitó al camarero.

Permaneció en el bar hasta las seis menos veinte. Luego, salió a la calle y esperó pacientemente, recostado en la pared.

Martina no llegó a las seis, ni a las seis y media, ni a las siete. Igor había comenzado a ponerse nervioso. ¿Por qué no llegaba Martina? ¿Le habría pasado algo? ¿Se habría olvidado de la cita?

A las ocho cruzó la calle y se sentó en las escaleras que daban acceso al portal de la casa del hermano de Martina.

«La casa del hermano de Martina —pensó—. ¿Por qué llamarla así? Su hermano está muerto y la casa es ahora de ella.»

A las ocho y media sintió que su cuerpo perdía toda tensión y caía sin resistencia sobre sus rodillas dobladas. Se acurrucó, colocando los antebrazos por encima de su cabeza, y en esta posición permaneció mucho tiempo.

Cuando volvió a levantar la cabeza era completamente de noche. Se restregó los ojos y luego rebuscó por los bolsillos de su pantalón. Sacó una pequeña caja metálica y un librito de papel de fumar. Abrió la caja, que contenía tabaco suelto y una pequeña tableta de hachís. Después, siguió rebuscando por sus bolsillos hasta que encontró un encendedor. Calentó el hachís y, con dedos temblones, extrajo un papel de fumar del librito, que sujetó doblado y tieso con una mano. Con la otra mezcló el hachís y el tabaco y los fue colocando con cuidado sobre el papelillo. Luego, enrolló todo con destreza, mojando el borde engomado del papel con sus labios.

Su rostro desencajado se iluminó unos segundos cuando la trémula llama del encendedor prendió el porro. Aspiró con ansiedad y dejó que una nubecita de humo se escapase entre sus labios lentamente, muy lentamente.

—A Martina sólo le interesa su hermano, a pesar de que está muerto —pensó en voz alta.

10

MARTINA se secaba el pelo recién lavado, y el ruido del secador le impedía oír los reiterados avisos de su tía Carmen desde la cocina.

—Martina, el desayuno está servido. Tómalo antes de que se enfríe la leche.

Pero Martina, además de pretender dar forma a una melena que se le resistía especialmente, tenía la cabeza llena de pensamientos, y saltaba de uno a otro tratando de organizarlos y así saber con precisión lo que debería hacer.

—Martina, las tostadas se van a quedar duras.

Porque algo quería hacer. En primer lugar, buscar a Igor y pedirle disculpas por el plantón. ¡Menudo plantón! Una cosa es llegar tarde a una cita, media hora, una hora, o dos... Pero no acudir a ella sin dar explicaciones... Jamás lo había hecho.

—La mantequilla se está derritiendo con el calor. ¿Quieres salir del baño de una vez?

Claro que ella no acostumbraba a faltar a sus citas. Lo había hecho por lo que lo había hecho. A la fuerza. ¿Cómo iba a suponerse que su tía Carmen iba a estar esperándola a la salida del examen?

Carmen golpeó con los nudillos la puerta del cuarto de baño. Martina respondió a los golpes.

—¡Ya voy! —y desconectó el secador.

—No me digas que te prepare el desayuno si piensas lavarte el pelo, porque...

—Sí, es verdad —se disculpó Martina, que ya salía del cuarto de baño—. Pero es que se me ocurrió de repente y...

—¡Ay, qué chicas!

—¿Por qué dices chicas, en plural?

—Porque todas sois iguales.

—Si sólo me conoces a mí...

—Pero conozco a muchas madres, y todas coinciden en lo mismo: ¡os pasáis la vida en el cuarto de baño!

—¡Qué exageración!

Martina fue hasta la cocina y se sentó a la mesa donde estaba servido el desayuno. Tomó un sorbo de leche.

—La leche está fría —comentó.

—¡Helada tiene que estar! —gruñó Carmen desde el fregadero—. Hace una hora que la serví. Caliéntala un poco.

—Me gusta así —aseguró Martina.

—¡Encima di que te gusta la leche fría! ¡A cualquiera que se le diga!...

Martina cogió una tostada y la apretó con sus dedos; luego golpeó con ella el borde de la taza.

—El pan se ha quedado duro —dijo.

—¡Como una piedra tiene que estar! —volvió a gruñir su tía—. Pues no hay otra cosa, porque las galletas se acabaron ayer.

—No importa, lo ablandaré con la leche.

Fue a untarse un poco de mantequilla con el cuchillo. Antes de que pudiese decir nada, su tía se adelantó:

—Ya sé. ¡La mantequilla se ha derretido! Con este calor no se puede tener la mantequilla fuera del frigorífico.

—No se ha derretido —la corrigió Martina—. Está blandita, como a mí me gusta.

Carmen movió la cabeza de un lado a otro y se enzarzó con los cacharros enjabonados en el fregadero.

Martina no podía apartar de su cabeza el plantón que le había dado a Igor. ¿Cómo lo habría encajado? Tendría que explicarle lo ocurrido y pedirle perdón. Decirle que su tía Carmen la obligó a ir de compras, que estaba en la puerta del instituto y que sus protestas no sirvieron de nada. Podría enseñarle incluso la falda que se había comprado. Sí, buena idea.

Terminó de desayunar y llevó el servicio al fregadero.

—¿Te ayudo, tía?

—No, déjalo.

—Entonces... me voy.

—¿Te vas? ¿Tan temprano? ¿Adónde?

Aunque su mente seguía algo confusa, pronto encontró una respuesta.

—A entrenar.

—No puede ser bueno tanto deporte, y menos para una chica como tú.

—Me viene muy bien para el pie.

Antes de salir, corrió a su cuarto, se quitó los pantalones y las zapatillas de deporte y rebuscó en el armario hasta que encontró la falda nueva. Se la puso y luego buscó unos zapatos que hiciesen juego con ella.

Iba a salir, sin meter ruido; pero su tía, que permanecía atenta, la descubrió.

—¡A entrenar con la falda nueva! —rugió.

—Es para que me la vean Maite y las demás.

—De modo que me tengo que pelear contigo para que te compres una falda y te quites de una vez esos pantalones vaqueros, y ahora... ahora... ¡te pones la falda nueva para entrenar!

—No, tía, allí me pongo el chándal.

—Y meterás la falda de cualquier manera en la bolsa de deporte.

—¡Que no! ¡Que tenemos perchas!

—¡Está bien! —Carmen perdió finalmente los papeles—. Haz lo que quieras. ¡Cabezota! ¡Que eres una cabezota! ¡Llévate la falda nueva! ¡Y arrúgala! ¡Y mánchala!... Pero esto no va a quedar así. Esta vez se enteran tus padres. ¡Vaya que si se enteran!

Martina se abalanzó sobre su tía y, sin darle tiempo a reaccionar, se colgó de su cuello.

—¡Eres la tía más gruñona del mundo!

—¡Encima insúltame!

—Y la más guapa, y la más buena, y la más...

—¡Suéltame, zalamera!

—Y la más simpática, y la más comprensiva...

—¡No! ¡Comprensiva no! Porque cada vez te comprendo menos.

Martina rió con ganas y besuqueó a su tía hasta que a ésta se le pasó el enfado por completo. Luego, cogió la bolsa de deporte, metió en ella algunos libros y se marchó.

—Hasta luego, tía.

—¡Qué chica! Si no fuese por lo que te quiero...

—Pues no me quieras tanto, que de eso me aprovecho.

—No tardes. ¡Y no vayas a sentarte en la hierba con la falda nueva!

Y Carmen iba a seguir dando consejos a su sobrina, sobre todo cuando la vio bajar las escaleras como una loca; pero cerró la puerta de golpe y, mientras se acercaba al balcón del cuarto de estar, suspiró un par de veces. Se pegó a los cristales y apartó con cuidado el visillo. Le gustaba ver a Martina saliendo de su casa, como si fuese su propia hija, esa hija que la naturaleza le había negado obstinadamente, y ver cómo se alejaba con la falda nueva, que ya estaba hecha toda una mujer, más alta que ella misma. ¡Y qué guapa y simpática era! Todas las vecinas del barrio se lo decían, y ella se sentía tan feliz como si fuese su madre. Lástima que siguiese tan obsesionada con lo de su hermano. No había forma de sacarle a Toni de la cabeza. ¡Y mira que lo habían intentado! ¡Qué obsesión! Claro, que la muerte de Toni la había cogido en una mala edad. Ella le tenía mucha admiración, a pesar de que apenas lo conocía. Si lo hubiese conocido... Porque ese chico era un balarrasa, debía de serlo para vivir tantos años así, sin dar señales de vida, que durante todo el tiempo que estuvo en la ciudad casi ni se acordó de sus tíos, sólo una visita rápida por Navidad. Eso sí, era tan simpático... En eso se parecían los hermanos, tenían el mismo carácter, la misma alegría... Tuvo que pasarle algo muy grave para que hiciese lo que hizo.

Cuando perdió de vista a su sobrina, Carmen dejó caer el visillo y volvió a suspirar.

—Sólo espero que no vuelva a casa de Toni y se encierre allí de nuevo, y pase las horas muertas como una... como una... ¡Qué sé yo! Eso no puede ser bueno.

Martina cogió el metro hasta Ópera y allí transbordó al ramal que enlaza con la estación del Norte. Una vez en la estación, buscó el viejo banco de madera desde el que tantas veces había intentado contar los hierros que sostenían la enorme cubierta. Un poco defraudada comprobó que Igor no estaba allí. Tomó asiento, segura de que pronto aparecería; al fin y al cabo, aquél era el lugar de encuentro cuando no había una cita por medio.

Y una vez más, Martina clavó su mirada en aquella maraña de hierros y comenzó a contar con indiferencia. A los pocos minutos desistió y se levantó del banco. De pronto había presentido que Igor no iría a la estación del Norte, ni a ninguna parte, y que si quería volver a verlo tendría que ser ella quien lo buscase. ¿Buscarlo? ¿Y cómo? Nada sabía de Igor, salvo su nombre y algunos detalles de su vida, como que había intentado suicidarse, que le daba miedo el teleférico, que había formado un conjunto musical con unos amigos, que muy a menudo se sentía empequeñecido... ¿Y qué más? Desconocía cosas concretas: sus apellidos, su domicilio, su número de teléfono...

Salió de la estación del Norte pensando que tendría que existir alguna forma de localizar a Igor, y sólo cuando entró en casa de Toni, al tiempo que abría las ventanas para que se fuese el olor a cerrado, descubrió una posible solución. De su bolsa de deporte sacó una pequeña agenda y, con ansiedad, buscó hasta encontrar el número deseado. Descolgó el auricular y marcó.

La telefonista del hospital donde la habían operado semanas antes respondió a la llamada con voz indiferente.

—Quisiera hablar con la enfermera Clara Cepeda —dijo enseguida Martina.

—¿En qué sección?

—En la cuarta planta. En... en... traumatología.

—Le paso la llamada —se limitó a decir la telefonista.

Martina oyó un sonido brusco y unos pitidos llenos de interferencias. Luego, se aclaró la señal y escuchó una voz femenina.

—Traumatología. ¿Sí?

—Por favor, quisiera hablar con Clara Cepeda —repitió Martina.

—¿Clara?

—Sí; de parte de Martina.

—No sé si tiene turno de mañana. Un momento.

Martina permaneció atenta. Débilmente escuchó una voz que repetía insistentemente el nombre de Clara. Si no tenía turno de mañana, tendría que llamarla por la tarde, o por la noche...

—¿Dígame?

El rostro de Martina se llenó de alegría.

—¿Clara?

—Sí, soy yo. ¿Quién eres?

—¿No me conoces?

—No, no caigo.

—Ya te has olvidado de mí —Martina puso voz lastimera—. Soy Martina.

—¡Martina! ¡Qué alegría! Oye, que no me he olvidado de ti. ¿Qué tal tu pierna?

—Muy bien. No me duele nada y la puedo mover en todas direcciones.

A Martina le apetecía mucho hablar con Clara; es más, muchas veces había pensado telefonearla y quedar con ella, como habían planeado alguna vez, y charlar, pasear, incluso irse a bailar para terminar aquel vals que el siniestro doctor Serrano les había interrumpido en los pasillos del hospital; pero en ese momento había algo que necesitaba saber cuanto antes, algo que se adelantaba a todo lo demás.

—Clara —le dijo enseguida—, necesito que me hagas un favor.

—¿De qué se trata?

—¿Te acuerdas de Igor?

—¿Igor? No, no sé quién es.

—Aquel chico que intentó suicidarse. Yo estaba esperando en la puerta de la sala de enfermeras cuando lo trajeron en una camilla.

—¡Ah, sí! Ya recuerdo.

—Necesito que me des su número de teléfono.

—Pero yo no tengo ese número.

—Ya lo sé, pero no me digas que no puedes buscarlo. En administración, en alguna consulta... Habrá algún fichero, algún papel...

—Lo habrá. ¿Pero tú crees que yo puedo ir preguntando el número de teléfono de los pacientes...?

—Anda, por favor, hazlo por mí —Martina puso ese tono de voz suplicante que tan bien le salía y al que nadie podía resistirse.

—Que no, Martina, que no puedo.

—Que sí puedes. Es muy importante. ¿A qué hora terminas tu turno?

—A las dos y media.

—Te espero a las dos y media en la puerta del hospital. Ya te explicaré.

Clara iba a replicar enérgicamente; pero Martina, sabedora de que nada podría oponer a los razonamientos de la enfermera, cortó la comunicación.

Se quedó unos segundos pensativa con el auricular en la mano y luego volvió a marcar un número. Esta vez llamó a su tía Carmen para decirle que iba a quedarse a comer en casa de una amiga. Por supuesto, tuvo que emplear un tono de voz más zalamero y suplicante que nunca para convencerla.

Por un momento concibió la idea de que Igor podía encontrarse en la calle, en la acera de enfrente, como en otras ocasiones. Corrió a la ventana y miró a un lado y a otro. No estaba. Volvió a la habitación y se dejó caer sobre los cojines, junto a ese gran montón de discos de Toni. Cogió el primero y una vez más leyó: «Violeta Parra canta sus últimas canciones». Después, con su dedo índice, fue siguiendo los trazos de aquellas palabras escritas con rotulador rojo: «Pupila de águila». Pensó que algún día descifraría su misterio, porque, estaba segura, algún misterio debían de encerrar. Apretó con suavidad el disco contra su pecho y se recostó en los cojines.

Y de pronto pensó en Jorge Barciela, al que se imaginó en una bañera con un cuchillo clavado en el pecho, y en aquel hombre gordo y repulsivo que los había recibido, y en Mónica, su secretaria. ¿Qué hacía buscando a Igor, cuando en realidad a quien debería estar buscando era a Mónica? Ella sí le podía hablar de Toni. ¿Por qué perder el tiempo para disculparse por un plantón? No era para tanto; al fin y al cabo, un plantón es algo normal y corriente. A todo el mundo le han dado algún plantón en su vida. Martina quería convencerse de ello; pero sabía al mismo tiempo que tenía que encontrar a Igor de nuevo, y no precisamente para explicarle por qué no acudió a la cita, sino porque le resultaba angustioso no volver a saber nada de él.

A las dos de la tarde salió del piso de Toni y se dirigió al hospital, que no se hallaba muy lejos de allí. A las dos y veinte ya estaba sentada en un banco situado frente a la puerta principal. Poco después de las dos y media, Clara salía a buen paso. Al verla, se incorporó y corrió hacia ella. Las dos se miraron un instante y luego, entre risas, se abrazaron.

—Ya veo que estás recuperada del todo —comentó la enfermera.

—Sí, del todo.

Luego, Clara, adoptando una severa actitud y un gesto huraño, trató de reprender a Martina.

—Lo cual no te da derecho a utilizarme como me has utilizado, y mucho menos a colgar el teléfono para no avenirte a razones.

Martina bajó la cabeza.

—Reconozco mi culpa. Puedes llamarme lo que quieras.

—No me conformo con llamarte lo que quiera.

—Puedo darte explicaciones. Verás, ayer quedé con Igor a las seis, después del examen.

—¡Vaya! Ya veo por qué no me llamaste antes.

—No seas mal pensada.

—Y si salías con Igor, ¿por qué me haces buscar su número de teléfono en los ficheros?

—¡Lo has buscado! ¡Eres un sol! —y Martina abrazó otra vez a Clara.

—No seas embaucadora. Ya puedes empezar a darme explicaciones.

—Lo haré.

—Por cierto, ¿has comido?

—No.

—Pues vamos a tomar algo. Tienes que contarme un montón de cosas.

No lejos del hospital hallaron un pequeño bar-restaurante, donde buscaron una mesa tranquila, cerca de una cristalera que dejaba ver perfectamente la calle.

—Así que has seguido viendo a ese chico —Clara sentía verdadera curiosidad.

—Pues sí.

—¿Y qué tal se encuentra?

—Bien. Bueno..., no sé. Parece que está bien, pero a veces... Yo creo que se siente solo, muy solo. Él me lo dijo la única vez que se atrevió a decirme algo en serio.

—¿Y sus padres?

—No sé nada de ellos. Casi nunca los menciona.

—Estaban muy preocupados en el hospital.

—Te advierto que no sé prácticamente nada de Igor. Y me da un poco de miedo preguntarle. Prefiero que hable él, si es que le apetece hacerlo.

—Y tú..., ¿qué tal los exámenes?

—Creo que bien. Ya estoy acabando. Espero que no me quede ninguna pendiente, a pesar de que este instituto es más duro que el del pueblo.

—¿Cuánto tiempo llevas aquí?

—Casi un año.

—¿Y piensas quedarte?

—Mis padres querían que volviese y que empezase a trabajar en la fábrica de galletas. Hace falta dinero en casa. Los pequeños gastan mucho, y el sueldo de mi padre... Bueno, ya sabes, esas cosas. Pero mi tía Carmen dijo que de ninguna manera iba a consentir que me pusiese a trabajar en la fábrica de galletas. Tenías que haberla visto.

—Tu tía tiene mucho carácter.

—Le cogió a mi padre por la solapa de la chaqueta y le dijo: «Mientras yo viva, mi sobrina predilecta no se meterá en esa fábrica de galletas; se quedará conmigo y estudiará una carrera». ¡Eso le dijo!

—Me hubiese gustado verlo.

—¿Sabes por qué soy su sobrina predilecta?

—¿Por qué?

—¡Porque soy la única! ¡Todos los demás son chicos!

Y Martina rió con ganas, contagiando también a la enfermera. Pero ante las miradas de otros comensales, se aguantaron la risa.

—¿Y tú quieres estudiar una carrera?

—Me gustaría.

En ese momento el camarero les sirvió el plato combinado que habían solicitado y, como las dos sentían ya mucho apetito, se dejaron de charla y comieron con ganas.

—Sabes... —confesó Martina con la boca llena—. Le dije a mi tía que me quedaba a comer con una amiga. Y al final ha resultado ser verdad.

—¿De modo que tu tía no sabe que estás conmigo?

Martina, comprendiendo que había dicho algo inoportuno, bajó la cabeza y comió con fruición.

—Está muy bueno —se limitó a responder.

—No cambies de conversación.

—Puedo explicártelo todo.

Y mientras terminaba de comer, y poco después dando un paseo por una calle no muy transitada, Martina fue explicando a Clara todo lo que había sucedido desde que quince días después de abandonar el hospital se reunió con Igor en un banco de madera de la estación del Norte.

En todo momento Martina había evitado mencionar a su hermano muerto y ese rompecabezas que con la ayuda de Igor confiaba en ordenar. Le parecía otra historia distinta, un secreto difícil de compartir, incluso con Clara; pero cuando la enfermera, poco antes de despedirse, le entregó un papel con el número de teléfono de Igor, inconscientemente, el nombre de Toni se le escapó de sus labios, y Clara, de repente, quiso saber más cosas.

—¿Toni? —preguntó con curiosidad.

—¿No te he hablado de él?

—No sé. Tal vez, pero no lo recuerdo.

—Era mi hermano.

—¿Era...?

—Murió.

Clara quedó pensativa unos segundos. En sus labios se congeló una leve sonrisa. Sus ojos se habían detenido en el rostro de Martina. La muchacha, que comenzó a notar aquella extraña situación, trató de descifrar a su vez con ansiedad.

—¿Te ocurre algo?

—No, no... —procuró cambiar de semblante Clara—. ¿Y cómo murió?

—Su coche se cayó por un precipicio.

La enfermera volvió a sentir un escalofrío que la conmovió, y sus labios se movieron lo suficiente para articular un nombre.

—Toni Soriano...

—¿Cómo sabes su nombre? —en Martina crecía una curiosidad insaciable.

—Tú me lo has dicho.

—El apellido no te lo he dicho.

—Pero si era tu hermano tenía que apellidarse como tú. No me he olvidado de tu apellido.

A Martina le bastó la explicación, aunque desde ese momento no pudo apartar de su mente una vaga idea, sin forma aún, que le impedía concentrarse en otras cosas. De repente, había imaginado que Clara era esa chica que aparecía en las fotografías con Toni. Y no, no lo era. Eso resultaba evidente, pero una mano invisible enlazaba el recuerdo de Toni con la enfermera.

—Tengo que marcharme.

—Bueno.

Aquella sensación extraña la paralizaba. Deseaba que Clara no se fuese, que permaneciese más tiempo con ella y le explicase por qué había pronunciado el nombre de su hermano con tanta seguridad.

—Otro día seguiremos hablando.

—Bueno.

Y Clara se acercó a Martina y la besó, intentando sonreír con la felicidad con que minutos antes lo había hecho.

—¿Me llamas?

—Bueno.

Y Clara desapareció en unos segundos calle arriba, entre una masa de transeúntes que se adensaba por momentos.

Aún tardó Martina unos minutos en reaccionar. Para conseguirlo tuvo que repetirse varias veces que Clara no podía haber conocido a su hermano, que la ciudad era demasiado grande como para que ella se hubiese encontrado con Toni. Sencillamente, no podía ser. Porque si lo hubiese conocido..., ¿por qué motivo iba a negárselo ahora? No, no tenía ningún sentido, ninguna lógica. Pero todo era tan extraño, tan absurdo... que ya no sabía qué pensar.

Caminó mucho tiempo sola, por la ciudad, por la gigantesca ciudad. Quería dejarse envolver por ella, por esa calidez de humo y primavera, de ruidos y susurros imprecisos; por esa inmensa sensación de soledad acompañada que a veces devora y a veces ilumina.

A los pocos minutos divisó una cabina telefónica y corrió hacia ella. Echó unas cuantas monedas y marcó el número que le había dado Clara.

—¿Dígame? —respondió una voz femenina.

—Por favor, ¿puede ponerse Igor?

—Él no se encuentra en casa en este momento.

—¿Y no sabe dónde está? —reaccionó Martina—. Es que soy una amiga suya y necesitaba darle un recado.

—No sé dónde está —continuó la voz femenina—. Si quiere, puede dejar el recado.

—¿Es usted su madre?

—No, soy la empleada de hogar. Los señores tampoco están en casa.

—¿Y no sabe cuándo volverá Igor?

—Tal vez a la noche, o tal vez se quede a dormir en casa de algún amigo, como ayer.

Martina trataba de pensar rápidamente, antes de que aquella mujer, después de un simple «adiós», le cortase la comunicación. Algo le decía que tenía que ver a Igor cuanto antes. De pronto, tuvo una idea.

—¿Podría darme usted el número de teléfono de Lola?

—¿Lola?

—Sí, es otra amiga de Igor. ¿No ha oído hablar de ella?

—Sí, la conozco personalmente, pero no sé si debo darle su número de teléfono. Lo siento. ¿Cómo ha dicho que se llama?

—Martina. Me llamo Martina Soriano. A mí no me conoce porque no he ido nunca a casa de Igor, pero también soy amiga suya.

—No lo dudo, Martina, pero lo siento.

Y esta vez la voz femenina parecía resuelta a acabar con aquella llamada.

—¡Un momento! —insistió Martina—. Es muy importante para mí ese número de teléfono, y también para Igor.

—¿Para Igor? ¿Por qué para Igor?

—Necesito verlo cuanto antes. Tal vez Lola sepa dónde está. No puedo explicarle más por teléfono.

—Espero que tenga razón.

Se hizo un breve silencio. Martina permanecía atenta y, sin darse cuenta, se había puesto muy nerviosa.

—¿Martina? —preguntó la voz.

—Sí, sí.

—Tome nota.

Martina respiró profundamente y apuntó el número que aquella voz le fue dictando.

—Muchas gracias.

—Adiós.

Iba a marcar de inmediato el número de Lola, pero detuvo su impulso y salió de la cabina.

«Tengo que saber antes lo que le voy a decir a esa chica —pensó—. ¿Y qué le voy a decir? Le diré que soy una amiga de Igor y que necesito verlo. ¿Y si me pregunta para qué? Entonces le diré que... que..., cualquier cosa, lo primero que se me ocurra.»

Una vez más, Martina se convenció de que sus intentos de reflexión, de racionalizar las cosas, no encajaban con su carácter. Ella tenía que hacerlo todo sin pensar, rectificando sobre la marcha si era preciso. Por eso se dio rápidamente la vuelta y regresó a la cabina telefónica. Descolgó el auricular y marcó con decisión.

—Sí, diga —también era una voz femenina.

—Por favor, ¿podría ponerse Lola?

—¿Madre o hija?

—Hija.

—Soy yo. ¿Quién eres? No te conozco.

—No, no me conoces. Soy amiga de Igor y me llamo Martina.

—¡Ah, Martina!

—¿Sabes quién soy?

—Sí, Igor me ha hablado de ti.

—¿Él te habló de mí?

—Algo.

—Te llamo precisamente por eso, por Igor. Es que no sabía cómo localizarlo. Conseguí el teléfono de su casa, pero no estaba. Me dijeron que no había ido a dormir ayer y que no sabían si iría hoy. A la empleada de hogar le pedí tu teléfono.

—¿Igor te habló de mí?

—Sí, también algo. Pensé que tú sabrías dónde está.

—Supongo que con Manu y los otros, en una casa vacía que tiene el padre de Alberto. Allí suelen ir a ensayar. Quieren volver con lo del grupo. Oye..., si quieres, quedamos mañana y nos acercamos hasta allí. Hoy no puedo porque tengo que estudiar.

—¿No te importa?

—Al contrario, me encantará conocerte. ¿Te parece bien en la plaza de la República Argentina, la de la fuente de los delfines?

—De acuerdo, en la parada del «circular» a las cinco y media.

—Vale, hasta mañana. Y me alegro de haberte conocido.

—Yo también.

Martina colgó el auricular e hizo un expresivo gesto con la cabeza, arrugando graciosamente sus labios. Pensó: «Esta Lola me ha caído bien».

Miró su reloj. Eran las cinco y media en punto. ¡Qué casualidad! Al día siguiente, a esa misma hora, podría conocer personalmente a Lola. Y de pronto, un oscuro nubarrón se cruzó en su mente. ¡Tenía que estudiar! ¡No podía aplazarlo por más tiempo! Se echó la bolsa de deporte al hombro y corrió hasta una boca de metro. Sin dejar de correr, bajó las escaleras de acceso y atravesó las amplias salas de taquillas.

«Me encerraré en mi habitación y no saldré hasta la hora de cenar —pensaba—. Incluso, continuaré estudiando después de la cena.»

Cuando el convoy llegaba a su estación y mientras se preparaba para salir, cayó en la cuenta de que se había pasado el día pensando en Igor.

«Lo he echado de menos», se dijo.

La ausencia, esa cruel sensación, volvía a ser el verdadero termómetro de los sentimientos.

11

MARTINA se mordió los labios y apretó con fuerza. Sabía que le quedaba una idea importante que decir para completar aquella pregunta, y no debía dejársela en el tintero, pues el resto del examen no le había salido tan bien como esperaba.

«El aprobado puede estar en la maldita idea», pensó, y apretó los dientes hasta hacerse daño. Y, ¡por fin!, cuando la profesora daba unas palmadas para indicar que había transcurrido el tiempo fijado y que debían entregar los exámenes, aquella idea tan remolona apareció en la mente de Martina, y en unos segundos pasó de su cerebro al papel.

—Vamos, Martina, deja de escribir —dijo la profesora.

Y Martina levantó el bolígrafo y respiró profundamente. ¡Lo había conseguido!

Se levantó satisfecha del pupitre, cogió el examen y fue a entregarlo a la mesa de la profesora. Luego, recogió sus cosas y salió del aula.

—¡Martina! ¡Martina! —gritaron varias chicas en el pasillo.

Martina se volvió.

—¿Qué ocurre?

—¿Se puede saber adónde vas? —le preguntaron.

—Tengo prisa. He quedado a las cinco y media con una amiga.

Las compañeras no pudieron evitar un gesto de contrariedad. Martina iba a fallarles precisamente ahora, en el momento más importante del curso.

—¡Pero, Martina...! Hemos terminado el curso. Habíamos quedado en celebrarlo juntas.

—Lo sé, pero no puedo. Disculpadme.

—No te disculparemos —añadió otra—. ¡Es una guarrada!

Martina miró su reloj. Eran las cinco de la tarde. No podía quedarse ni un minuto más si quería llegar a tiempo a la cita con Lola.

—Os llamo por teléfono y quedamos otro día —dijo a modo de despedida.

—Entonces no querremos nosotras —añadió la compañera que parecía más ofendida por el plantón.

Martina desparramó unos cuantos besos con su mano y, antes de echar a correr, suplicó:

—No seáis malas. Perdonadme. Os llamaré.

Afortunadamente, el «circular» no tardó en llegar. Antes de acomodarse en uno de los asientos traseros del autobús, volvió a mirar el reloj. Eran las cinco y diez. Pensó: «Espero que no haya mucho tráfico».

Luego, dejó caer la cabeza lateralmente, hasta apoyarla en el cristal de la ventanilla. Sentía una ligera vibración, muy tenue, que poco a poco la fue sumiendo en sus propios pensamientos.

Cuando divisó el surtidor central de la fuente de la plaza de la República Argentina, el corazón le dio un pequeño vuelco. Saltó del asiento, apretó el indicador de parada un par de veces y comprobó la hora en su reloj. Eran las cinco y media en punto.

Al descender los tres peldaños del autobús, descubrió a Lola. Estaba a pocos metros, en la acera. Nadie le había dicho que aquella chica de uniforme gris de colegio de monjas, que sujetaba un paquete de libros y cuadernos con una mano y un cigarrillo con la otra, era Lola. Pero había bastado una fugaz mirada para saberlo a ciencia cierta. Aquella rubia, delgada y pecosilla, y también alta y guapa, le devolvió la sonrisa y, después de tirar el cigarrillo, se acercó a ella.

—Tú eres Martina, claro.

—Y tú Lola.

Las dos muchachas se besaron sin dejar de sonreír.

—Igor te ha descrito muy bien —comentó enseguida Lola.

—¿De veras?

—Sí, ya lo creo.

—Tengo curiosidad por saber lo que te ha dicho de mí.

—Que eras muy guapa y, no sé..., ¡fantástica!

—¿Seguro?

—Sí, sí.

—Tratándose de Igor, le debió de costar mucho trabajo —dijo Martina muy halagada.

—¿Por qué?

—Habla tan poco...

—¡Oh, no! Igor habla como todos, lo que ocurre es que tiene que encontrar el momento y la persona adecuada.

A Martina se le congeló la sonrisa en los labios. Se quedó un momento sin saber qué decir. Muy dentro de su cabeza volvió a preguntarse por la relación que existía entre Lola e Igor. Ella parecía conocerlo bien. La miró de arriba abajo y la encontró muy atractiva, a pesar del uniforme gris del colegio de monjas. Sin duda, entre ella e Igor tenía que haber una relación estrecha. Algo se lo decía.

Lola abrió una pequeña bolsa que llevaba junto a sus libros y sacó un paquete de cigarrillos.

—¿Quieres uno? —le ofreció a Martina.

—No, no fumo.

—¡Ah! Me olvidaba que eres deportista.

—No es eso. Es que no me gusta el tabaco. No sé fumar y toso.

Lola sonrió mientras encendía el cigarrillo, sujetando los libros con los codos.

—Estoy deseando que acabe el curso —dijo—, soltar estos libros y quitarme el uniforme.

—Yo he terminado hoy el último examen.

—¡Qué suerte! Todavía me quedan cuatro días de clase. ¿Vas a un instituto?

—Sí.

—A mí me gustaría ir a un instituto, pero mis padres tienen la peregrina idea de que la enseñanza privada es mejor y se empeñan en que vaya a un colegio de monjas.

Martina se encogió de hombros y, al momento, cabizbaja, preguntó:

—¿Conoces mucho a Igor?

—Ya lo creo —respondió Lola.

—¿Desde cuándo? —insistió Martina.

Lola soltó una larga bocanada de humo.

—Pues... desde que nací, más o menos.

Martina, intrigada, iba a seguir preguntando, pero Lola se anticipó y, sin dejar de fumar, hablando muchas veces al tiempo que el humo se escapaba entre sus dientes y la comisura de sus labios, continuó:

—Mis padres y los de Igor son amigos de toda la vida; además vivimos muy cerca, somos vecinos. Como los dos somos hijos únicos, siempre nos hemos hecho compañía. O él se venía a mi casa, o yo me iba a la suya. ¡Lo que hemos jugado juntos!

Martina sintió una pizca de ternura.

—Entonces... —preguntó—, ¿sois como hermanos?

—Lo éramos —añadió Lola—, hasta que el año pasado nos hicimos novios.

Martina sintió el impacto de las palabras de Lola en lo más hondo de su ser. Se conmovió entera e hizo esfuerzos para que su semblante no cambiase de expresión.

—¡Ah...! —fue lo único que pudo decir, y la exclamación apenas tomó volumen fuera de su garganta.

Lola tiró la colilla del cigarrillo y la pisó. Luego, alzó la cabeza y miró a su alrededor, como buscando algo. Aún no se habían movido de la parada del autobús.

—¿Vamos a alguna parte? —preguntó.

—Sí... —respondió Martina—. Sí, claro, donde tú quieras.

Comenzaron a caminar bordeando la plaza. Tras unos segundos de un silencio que a Martina le pareció especialmente tenso, volvió a preguntar a Lola. Preguntar era lo único que en esos momentos se sentía capaz de hacer.

—¿Y tú sabes, o alguien sabe, por qué intentó suicidarse?

Lola abrió otra vez la bolsa y sacó un nuevo cigarrillo.

—Porque se sentía jodido, supongo.

—Pero todo el mundo se siente jodido a veces —añadió Martina, utilizando el vocabulario de Lola.

Lola encendió el cigarrillo.

—Pero no todo el mundo reacciona igual.

Martina se quedó mirando la fuente de los delfines que se alzaba en el centro de la plaza. Observó el surtidor central, que elevaba el agua a gran altura, y los escalones sucesivos por los que iba descendiendo con gracia y estrépito. Estaba tan confusa que por un momento sintió ganas de cruzar la calle y meterse dentro de aquella fuente, a ver si así reaccionaba y volvía a ser la chica dinámica y avasalladora. Se sentía muy empequeñecida al lado de Lola y, lo que era peor, sin tener ningún motivo.

—¿Te gusta la fuente? —preguntó Lola.

—Sí, es muy bonita.

—En realidad, quieres saber mi opinión, ¿no es eso? —añadió Lola bruscamente.

—¿Qué quieres decir?

—Pues eso, que te gustaría saber la explicación que yo puedo dar al intento de suicidio de Igor.

Lola era una chica lista. Martina lo había intuido desde el primer momento, desde la conversación telefónica que habían mantenido el día anterior; pero ahora no tenía ya ninguna duda.

—Yo he tratado de encontrar esa explicación, pero creo que no conozco lo suficiente a Igor —dijo Martina.

Lola suspiró profundamente.

—Desde hace un año, Igor cae en picado, se derrumba. Creo que nos hicimos novios por eso. Tal vez pensó que conmigo se sentiría más seguro.

—¿Y no fue así?

—No, a la vista está. Se fue convirtiendo en un ser débil, indefenso, perdido... Siempre ha sido una persona insegura, pero en los últimos tiempos sentía un agobio terrible que le deprimía a todas horas.

—Pero... habrá algún motivo.

—Un motivo... O muchos...

—En el hospital lo vio un psiquiatra.

—Sí, y fuera del hospital. Igor fue a algunas sesiones, pero se ha negado a volver. Sus padres quieren llevarlo a Estados Unidos para que le trate un psicólogo muy famoso que hay allí.

—¿Y él...?

—Él no quiere ir, y tiene razón. Los padres de Igor piensan que todo puede arreglarse con dinero. Tienen mucho dinero. Su padre es un ingeniero muy famoso, y su madre, una alta ejecutiva en una multinacional. Son muy brillantes. Mis padres se cansan de repetirlo. Yo pienso que con tanto brillo han eclipsado a Igor. Bueno, con eso y con otras cosas.

Martina sentía una enorme curiosidad. Por fin conseguía lo que durante tanto tiempo había buscado con ahínco: que alguien le hablase de Igor. Iba a poder hilvanar algo de esa misteriosa vida de Igor.

—Yo creo que Igor se siente solo, muy solo —continuó Lola, que también por algún oculto motivo necesitaba hablar más que nunca, contar a alguien todo lo que sentía.

—Pero aparte de sus padres... estás tú, y están sus amigos —dijo Martina, intentando provocar de nuevo la confidencia de Lola.

—Igor siempre ha estado solo, desde que era pequeño.

—¿Solo?

—Sí, abandonado, por extraño que te parezca. Sus padres siempre han estado demasiado ocupados. No podían hacerle concesiones.

—¡Qué horrible! —exclamó Martina.

—Yo iba a jugar a su casa —continuó Lola, ensimismada—, quería jugar con él. Lo encontraba siempre encerrado en su cuarto, leyendo o tocando la guitarra. Sus padres nunca estaban. La única que se preocupaba de él, y se sigue preocupando todavía, es Aurora, una vieja sirvienta andaluza muy buena y muy simpática. «Anda, hija mía, a ver si tú lo sacas de esa habitación», me decía nada más verme llegar. Y a mí me costaba mucho trabajo sacarlo de la habitación; pero lo conseguía, y pasábamos la tarde jugando juntos.

Martina había notado cierta emoción en las palabras de Lola, como si estuviesen cargadas de vivos recuerdos, de añoranzas de un tiempo entrañable que de pronto se había vuelto contra ellos inexorablemente. Quizá por eso no preguntó más y permaneció unos momentos en silencio. Sólo al cabo de unos minutos, sin darse cuenta, se le escapó una frase:

—Habrás sufrido tanto...

Lola miró a Martina a los ojos.

—Sí —respondió—. Creo que Aurora y yo hemos sufrido más que nadie por Igor. Cuando me enteré de que había intentado suicidarse, corrí hasta su casa como una loca. Sólo encontré allí a Aurora, acurrucada en un rincón de la cocina, llorando como si fuese su madre. Nos abrazamos y lloramos juntas durante horas.

De pronto, Martina sintió una enorme ternura por Lola. Sintió ganas de abrazarla, de besarla... Las dos muchachas volvieron a mirarse en silencio durante unos segundos, se tragaron la emoción a duras penas y, después, se sonrieron abiertamente.

—Tenía tantas ganas de conocerte... —dijo Lola—. Le pedí tu teléfono a Igor, pero no quiso dármelo.

—Es que no lo sabe —rió Martina.

—Eso no me lo dijo. Bueno..., por fin nos hemos conocido.

—¿Y por qué querías conocerme?

—He hecho todo lo que se me ha ocurrido y más por animar a Igor, pero creo que con él he perdido todo poder de convicción. Sólo he notado que su rostro cambia de expresión cuando habla de ti.

Martina sintió un súbito rubor y sus mejillas se encendieron alarmantemente.

—Pero no creas que entre Igor y yo existe algo... —trató de dar explicaciones.

Lola rió abiertamente.

Llegaron, después de múltiples paradas, al cruce de las calles Joaquín Costa y Velázquez, cruzaron esta última y se internaron por la colonia Cruz del Rayo. Por las calles apretadas de antiguos chalés, algunos espléndidos, otros muy deteriorados, caminaron despacio.

—Ya estamos llegando —dijo Lola—. Ensayan en una de estas casas, que es de los padres de Alberto. Está vacía, no vive nadie en ella.

Martina miraba con curiosidad a su alrededor. Le sorprendía encontrarse de repente dentro de una colonia de casitas con jardín y garaje, con perros furiosos y verjas de hierro, y todo ello casi en el centro de la ciudad.

—Está bien esto —comentó.

—Sí, no está mal.

Se detuvieron frente a una casona grande y en franco estado de abandono. Lola abrió una crujiente puerta de hierro que daba acceso a un pequeño terreno lleno de maleza y escombros y pasaron al interior. La puerta de la casa estaba abierta de par en par y, ya antes de entrar, pudieron oír algunos desafinados compases de guitarra y una risa estridente.

—Ése es Manu —dijo Lola—. Siempre se ríe así.

—¿Estás segura de que Igor se encuentra aquí?

—Segura no estoy, pero saldremos de dudas ahora mismo.

No obstante, antes de dar un paso más, Lola volvió a coger su pequeña bolsa y volvió a encender un cigarrillo. Martina la observó con detenimiento. Le pareció que fumaba mucho, demasiado, y a su edad no podía ser bueno. La miró a la cara, tratando de descubrir alguna huella del tabaco; pero la verdad es que su rostro era perfecto, joven y lozano.

—¿No los molestaremos? —preguntó antes de franquear la puerta.

—No —respondió Lola—. Y si lo hacemos, peor para ellos. ¡Ah! Te confesaré un secreto antes de entrar: Alberto toca fatal, no tiene ni idea de música. Le aguantan sólo porque pone el local, esta casa. ¿Entiendes?

—Sí.

Atravesaron un pequeño recibidor y luego bajaron directamente por unas escaleras hacia el sótano. El ruido de la guitarra se iba haciendo más claro al tiempo que la luz disminuía.

—¿Y por qué se encierran en el sótano? —preguntó Martina, para tratar de aplacar con las palabras una emoción creciente.

—Para no molestar. Son muy considerados. Antes tocaban en el salón, pero se quejaron algunos vecinos. Por eso se bajaron aquí.

Y entraron al sótano.

Era un lugar amplio y prácticamente vacío. La única iluminación provenía de una polvorienta bombilla que colgaba del techo. En el centro de la estancia había algunos aparatos electrónicos y un par de guitarras en el suelo. Alberto estaba de pie, rasgando una y otra vez las cuerdas de una tercera guitarra. Cerca, sentados en el suelo, Manu y Juan escribían algo en papel pautado. Sólo en una de las paredes, en la parte alta, había una pequeña claraboya, tan sucia que no filtraba nada de luz.

Manu se incorporó de un salto; también lo hizo Juan.

—¡Lola! —gritó el primero—. Ya es hora de que te dejes ver.

—Es que tengo exámenes —se disculpó Lola.

—Y nosotros también, pero lo primero es lo primero. Oye, a esa amiga tuya no la conocemos.

—No —y Lola procedió a las presentaciones.

Tuvieron que gritarle varias veces a Alberto para que dejase de martirizarlos con la guitarra.

—Creo que ahora me estaba saliento algo bueno —comentó Alberto con seguridad—. Me habéis cortado la inspiración.

—¡Bah! —Manu hizo un ostensible gesto de desprecio con uno de sus brazos.

Enseguida Manu y Lola comenzaron a hablar. Martina se fijó por un momento en él. Era un chico muy alto y delgado, de facciones pronunciadas pero armónicas. Tenía los ojos grandes y azules y el pelo de color castaño muy claro. Era sin duda un chico atractivo que, además, saltaba a la vista, era simpático y extravertido, de esos que siempre polarizan todo a su alrededor inevitablemente, casi sin proponérselo. Luego, volvió a revisar con más detenimiento el sótano, buscando a Igor con la mirada. Sólo descubrió un viejo armario en un rincón, con una puerta cerrada y otra abierta, y algunas «litronas» tiradas por el suelo. Entonces trató de descifrar algo que, desde que entró, había percibido con claridad: un extraño olor, quizá mezcla de varios olores, que no lograba reconocer. Había algo de lugar cerrado, de falta de ventilación, de humedad, de tabaco, de alcohol... El conjunto le resultaba agrio y penetrante, muy desagradable.

Se acercó un poco a Lola y ésta, interrumpiendo a Manu, le dijo:

—No sé si te apetecerá ver a Igor.

—A eso hemos venido.

—Ya, pero...

—¿Dónde está?

—Aquí.

—¿Aquí? —se sorprendió Martina, y miró a su alrededor con rapidez.

Lola señaló el viejo armario del rincón, semioculto en la penumbra.

—Allí.

—¿En el armario?

—Sí. Le gusta encerrarse en ese armario.

El gesto de sorpresa de Martina fue tan grande, que Lola la cogió de la mano y le habló con mucha dulzura.

—Todos nosotros queremos a Igor. Manu es su mejor amigo.

Manu asintió con la cabeza y dijo:

—Pero ya no sabemos qué hacer por él. Hoy está mal, especialmente mal.

Martina no salía de su estupor.

—¿Qué le pasa?

—Se metió en el armario y empezó a beber, y a fumar un porro detrás de otro... Intentamos quitárselo y nos tiró la botella a la cabeza.

Martina sentía una congoja que la asfixiaba. Instintivamente corrió hasta el armario, tiró de la puerta que permanecía cerrada y abrió de par en par. Tragó saliva y apretó los puños para soportar la visión que se ofrecía a sus ojos. Igor yacía desvanecido, como un muñeco roto y abandonado: los brazos caídos a ambos lados del cuerpo, la cabeza hundida en el pecho, el pelo húmedo y revuelto, las piernas estiradas y abiertas...

Martina estuvo a punto de taparse los ojos con las manos y echar a correr, y marcharse de aquel maldito sótano maloliente, y no detenerse hasta llegar a su casa, la de Toni, y sentarse en los cojines con la persiana echada, y escuchar discos de Violeta Parra o de Béla Bartók... Pero se agachó frente a Igor y se quedó mirándole con cariño.

—Igor... —pronunció su nombre en voz baja.

Pero Igor no se inmutó, sólo seguía respirando pausadamente.

—Igor... —repitió, y le cogió la cabeza entre las manos, y así, mirándolo fijamente, permaneció unos segundos.

Lola se agachó junto a ella. Llevaba un pañuelo empapado en agua.

—Levántale un poco la cara —le dijo.

Martina miró a Lola e hizo lo que le pedía. Luego, ésta colocó el pañuelo sobre el rostro de Igor, que se estremeció al instante, sacudiendo la cabeza de un lado a otro.

—Sujétalo con fuerza —añadió Lola.

Y Martina apretó sus manos sobre la cabeza de Igor, y sintió sus convulsiones, su respiración entrecortada y una leve tos. Igor retorció todo su cuerpo, que por fin parecía recobrar un hálito de vida, y cambió varias veces de postura. Lola lo cogió por las axilas y lo incorporó un poco, de modo que quedó sentado de una forma menos deplorable. Sólo entonces Martina le soltó la cabeza, y las dos muchachas, una junto a otra, se quedaron mirándolo en silencio.

En una ocasión, Martina volvió su rostro hacia Lola y vio un surco brillante atravesando sus mejillas.

Volvieron a aplicarle el pañuelo sobre la cara varias veces, hasta que comenzó a moverse con más soltura, accionando incluso sus brazos y encogiendo sus piernas. Entre las dos chicas, a tirones, lo sacaron del armario casi a rastras y luego lo incorporaron, dejándolo apoyado en la pared.

—¡Tiene que moverse! —dijo Lola.

Y de pronto, Igor parpadeó varias veces y, con los ojos empequeñecidos y abultados, se quedó mirando a Martina. La muchacha sintió un escalofrío al recordar una escena similar, tiempo atrás, en una habitación del hospital. ¡Igor estaba tan pálido y demacrado!...

—Martina... —murmuró al fin.

Martina sintió en pleno rostro el aliento de Igor e hizo un gran esfuerzo para soportarlo sin volver la cabeza.

—Sí, estoy aquí —se limitó a responder.

Igor intentó dar un paso y se precipitó sobre ella. Los dos hubiesen rodado por el suelo si Lola y Manu no hubiesen acudido a sujetarlos.

—Lola... —susurró Igor al verla.

—¡Muévete! —le gritó Lola—. ¡No te quedes ahí parado! ¡Muévete!

Y entre las dos muchachas le cogieron y le obligaron a dar varias vueltas al sótano. Poco a poco Igor iba cogiendo seguridad, algo de confianza en sus piernas entumecidas. Ya se sostenía en pie y, a pesar de que se apoyaba con fuerza sobre las dos muchachas, notaba cómo su cuerpo iba adquiriendo volumen y sentido.

En una ocasión, mirando a Martina, Igor dijo con ansiedad:

—Han intentado matarme.

Lola preguntó a Martina con la mirada y ésta se limitó a responder:

—No sabe lo que está diciendo.

Y aunque Martina estaba convencida de su afirmación, no pudo dejar de pensar en aquellas palabras.

12

MARTINA había perdido la noción del tiempo. No sabía las horas que habían transcurrido desde que, acompañada de Lola, había entrado en aquella casona abandonada. Cuando salió, con Igor cogido del brazo, ya era casi de noche. Lola se había ofrecido a acompañarlos; pero ella, sin pensarlo, le había respondido que no era preciso. Y ahora se arrepentía de su contestación; al fin y al cabo, Lola tenía más derecho a llevarse a Igor, era su novia, se lo había dicho ella misma. ¿Qué hacía, por tanto, interponiéndose entre Lola e Igor? ¿Y por qué Lola había aceptado sin rechistar su sugerencia?

Caminaron un rato por las calles de la colonia Cruz del Rayo. Martina confiaba en salir por algún lado de aquel pequeño laberinto y llegar a una calle conocida. A Igor no se le podía pedir opinión, ya que caminaba como una marioneta, dando tumbos y tropezones constantemente. De vez en cuando hablaba e invariablemente repetía las mismas palabras:

—Han intentado matarme.

Martina hubiese pensado que se trataba de una simple alucinación, de no ser porque de vez en cuando mencionó también el nombre de Mónica.

—Pero... ¿quién? —preguntó en una ocasión, tratando de seguirle la corriente.

—Un coche apareció y se lanzó contra mí a toda velocidad. Tuve que saltar para que no me atropellase.

Al oír lo del coche, Martina perdió todo interés por el asunto. ¡Un coche! No podía hacer ningún caso a Igor. Habría sufrido una alucinación, producto de todo lo que había fumado y de la cerveza que había ingerido.

Al fin, salieron a la calle del Príncipe de Vergara, casi enfrente de un gran edificio en construcción. Igor se quedó mirándolo y lo señaló con la mano que le quedaba libre.

—Mira... —dijo.

—Ya lo veo —contestó Martina.

—¿Todavía no está acabado?

—No.

—¿Falta mucho?

Martina contempló la estructura de hormigón armado del edificio sin entender nada.

—Sí, falta mucho —respondió.

—Es una pena. Me gustaría ir a un concierto ahora, contigo... Debussy es mi favorito.

Martina tiró de Igor y caminaron por las amplias aceras de la calle del Príncipe de Vergara. Se sorprendió al leer en una gran valla publicitaria que aquel edificio en construcción estaba destinado a ser la gran sala de conciertos de la ciudad. Igor, por tanto, había identificado el lugar. Sabía perfectamente dónde se encontraban, lo cual tampoco le debía de resultar muy complicado, ya que, al fin y al cabo, aquél era su barrio.

—¿Te gusta la música clásica? —le preguntó Martina.

—Debussy es mi favorito —repitió Igor.

Se hizo de noche por completo y el intenso tráfico en todas direcciones comenzó a agobiar a Martina, que veía que Igor no acababa de recobrar su estado normal.

De pronto, se sorprendió otra vez en la plaza de la República Argentina. Iban a cruzar la avenida del Doctor Arce cuando Martina, sin saber muy bien por qué, y aprovechando un claro en la circulación, tiró del brazo de Igor con todas sus fuerzas y echó a correr hacia el centro de la plaza, donde la fuente de los delfines, iluminada, resultaba más atractiva que nunca.

Se quedaron en un pequeño trozo de césped que rodeaba la fuente, cercados por los automóviles y el agua.

—¡Igor! —le gritó—. ¡Igor!

Pero Igor había vuelto a adquirir esa expresión alelada que la sacaba de sus cabales. El ruido del agua de la fuente, cayendo en sucesivas gradas, y el de los cientos de coches que atravesaban la plaza en todas direcciones, mezclados, producían un zumbido ensordecedor y penetrante.

—¡Igor! —gritó Martina con todas sus fuerzas.

Pero, por única respuesta, Igor se limitó a sonreír con expresión estúpida e, impotente, dejó caer la cabeza, como si la cuerda de la marioneta se hubiese roto.

Martina sintió una rabia enorme que le recorría todo el cuerpo. Tenía que estallar de alguna manera. Ya no podía aguantar ni un segundo más. Cogió a Igor por los hombros y lo zarandeó con fuerza. Igor cerró los ojos, empequeñecido al máximo. Entonces Martina, sin pensarlo dos veces, lo empujó con todas sus fuerzas.

Igor retrocedió un poco y enseguida tropezó con el pretil de piedra de la fuente. Se tambaleó, accionando violentamente sus brazos, y cayó hacia atrás de lado. Antes de desplomarse por completo, intentó asirse sin éxito a una de las gradas; pero sus manos resbalaron con el agua y todo su cuerpo cayó a la fuente, sumergiéndose por unos segundos en la pileta inferior.

Martina no pudo evitar un gesto de terror. De repente se había dado cuenta de lo peligrosa que había sido su acción. Entre el pretil y la primera grada había muy poco espacio e Igor fácilmente se habría podido golpear contra ella en la cabeza. Y un golpe así, de un cuerpo casi inerte... No quería ni imaginárselo. «¿Cuándo aprenderé a contenerme?», se reprobó a sí misma.

Igor se incorporaba empapado de pies a cabeza. Miró un instante, sorprendido, a Martina y luego comenzó a reír. Su rostro había cobrado otro aspecto; sus ojos, por fin, habían adquirido una chispa de brillo.

—¡Martina! —dijo, como si fuese la primera vez que la veía en toda la tarde.

Había merecido la pena el empujón, pues Igor volvía a ser el de siempre, el que Martina conocía mejor.

—¡Igor! —gritó Martina, sonriendo también.

Entonces Igor le tendió las manos, como suplicando ayuda para salir. Martina no lo dudó ni un instante y le ofreció las manos. Sintió entonces un fuerte tirón y perdió el equilibrio. Igor reía como loco. Martina cayó sobre él y los dos al agua.

Martina se levantó de un salto; iba a decir a Igor una auténtica barbaridad, pero no le salieron las palabras de la boca y una risa espontánea se apoderó de ella. Y la risa fue algo contagioso que invadió por completo a los dos. Y cuanto más se miraban, y cuanto más empapados se sentían..., más y más se reían.

Por fin Igor salió de la fuente y ayudó a salir a Martina. Los coches que pasaban por la plaza aminoraban su marcha para echar un vistazo. Podían adivinarse algunos gestos burlones y otros de desaprobación de los conductores. Hubo quien hizo sonar el claxon y los saludó sacando un brazo por la ventanilla, quizá invadido de una súbita envidia.

Volvieron a cruzar la plaza de la mano y se miraron unos segundos. Fue entonces cuando Martina cayó en la realidad de golpe. ¡La cruda realidad! Miró su reloj y gritó:

—¡Las diez y media!

—¿Se te hace tarde? —preguntó Igor.

—¿Tarde? Eso no es lo peor. ¡Fíjate cómo estoy! ¿Qué le voy a decir a mi tía? ¡Me mata!

—Dile que te has caído en una fuente.

Y volvieron a reír, aunque esta vez Martina recobró la seriedad enseguida.

Entonces, Igor la cogió de la mano y, sin darle tiempo a reaccionar, tiró de ella resuelto.

—¡Vamos! —dijo.

—¿Adónde?

—¡Vamos! —insistió sin más explicaciones.

A buen paso caminaron hasta la casa de Igor, que se encontraba a poca distancia de allí.

La noche era radiante y cálida, preludio quizá de un largo y caluroso verano. La temperatura, alta para un mes de junio recién estrenado, evitó que Martina e Igor cogiesen un buen resfriado.

Martina preguntó varias veces que adónde iban; pero Igor, que de pronto había recobrado toda su vitalidad, no le respondió. Llegaron a una casa de dos plantas, con enormes terrazas llenas de flores, rodeada toda ella por un jardín primorosamente cuidado. La puerta de acceso estaba abierta, y aunque Martina trató de ofrecer resistencia una vez más, no lo consiguió. Cuando se quiso dar cuenta, se hallaba en el amplísimo recibidor de la casa, frente a una mujer mayor que decía llamarse Aurora y ser la empleada de hogar.

—Yo soy Martina. Llamé por teléfono ayer. No sé si me recuerda...

—Sí, lo recuerdo. Pero, hija mía... Estáis hechos una sopa. Tienes que quitarte esas ropas ahora mismo.

—A ver si encuentras algo que le valga. Yo también voy a cambiarme —dijo Igor, desapareciendo tras una puerta y dejándola sola.

—No se moleste —balbuceó Martina.

—¡Quita! ¡Ya lo creo que te cambiarás de ropa! ¿Acaso quieres enfermar?

—Pero...

—¡Ven conmigo!

Martina, mirando constantemente a su alrededor y con el rubor encendiéndole las mejillas, fue conducida hasta un cuarto de baño.

—¡Quítate la ropa! —le dijo Aurora, y sus palabras eran como una orden—. Enseguida te traigo algo.

Martina contempló aquel cuarto de baño. En su vida había visto algo parecido: tan amplio, tan bonito, tan lleno de detalles... Era tan grande como el salón de la casa de tía Carmen. Cautivada por el lujo, comenzó a desnudarse. Se reflejaba a la vez en varios espejos que cubrían parte de las paredes. Aquello era como un juego: ir descubriendo poco a poco su cuerpo, su piel de gallina, aquí y allá; bastaba moverse un poco, dar una vuelta... ¡Era fantástico! Se arrimó al radiador de la calefacción. Estaba apagada. Se cubrió con una toalla y se secó un poco el pelo. Al momento llamaron a la puerta.

—Soy yo —dijo Aurora—. Ábreme.

Martina abrió y Aurora le dio algunas ropas.

—Gracias —respondió en voz baja.

—Espero que te valgan.

Aquella ropa no es que le estuviese como anillo al dedo, pero tampoco le quedaba mal; un poco grande, quizá.

Se peinó y recogió su ropa mojada, haciendo una especie de hatillo con la camisa. Después, muy despacio, abrió la puerta del cuarto de baño y salió. Aurora fue a su encuentro enseguida. Se quedó mirándola.

—¡Ah! Pues no te queda tan mal —dijo.

—No; sólo un poco grande.

—Trae eso —y le arrebató la ropa mojada de las manos—. Lo lavaré.

—No se moleste —y Martina hizo intención de recuperar su hatillo.

—¡Quita, quita! —y Aurora se volvió con la ropa—. Igor te la devolverá.

En ese momento, con ropa limpia y con el pelo muy peinado y húmedo, apareció Igor, muy sonriente. Llevaba unas llaves en la mano.

—Vámonos —dijo—. Te llevaré a tu casa.

Y volvió a cogerla de la mano y, a toda prisa, descendieron por unas escaleras hacia el garaje. Mientras bajaban, oyeron la voz de Aurora.

—Pero... ¿no coméis algo? —decía la empleada de hogar—. Es tarde y no habéis cenado...

—No, no comemos —respondió Igor.

—Al menos secaos un poco el pelo. Buscaré el secador.

—No lo busques. Adiós.

Entonces Martina se volvió y dijo:

—Mañana, sin falta, le devuelvo la ropa.

—No te preocupes —respondió Aurora.

Entraron en el garaje. Era muy grande y en su interior había dos coches y una motocicleta.

—¿Tienes coche? —preguntó Martina un tanto sorprendida.

—No, me faltan unos meses para poder sacar el permiso de conducir —y señaló la motocicleta—. Me tengo que conformar con ese cacharro.

—Es bonita.

—Pero tiene poca cilindrada.

Igor subió a la motocicleta y la puso en marcha. Con un gesto invitó a subir a Martina, que le siguió.

—Esa ropa es de mi madre —dijo Igor—. No te queda mal.

—Mañana te la devolveré sin falta.

Igor sonrió y accionó los mandos de la motocicleta. Subieron la rampa del garaje, atravesaron el jardín y salieron a la calle.

—¿Dónde vives? —gritó Igor.

Y Martina le dio su dirección. Por el camino, agarrada al cuerpo de Igor, pensó mil veces: «¿Y cómo le explico todo esto a mi tía Carmen?».

13

HABÍAN quedado en los jardines del cuartel del Conde Duque por la tarde, a pesar de que Igor había insistido en que la cita fuese por la mañana. Martina sabía que tendría que dar muchas explicaciones a su tía y obsequiarla con muchas zalamerías para conseguir que la dejase salir por la tarde. Por la mañana sería imposible. Había llegado a casa la noche anterior a las once y cuarto y con una ropa que no era la suya. Eso sí, contó con un buen factor a su favor: el curso había terminado el día anterior y era en cierto modo lógico y natural que la alegría se desbordase más de la cuenta.

Por la mañana, muy temprano, aprovechando que su tía había salido a comprar algunas cosas, y como parte de la coartada que tenía preparada, llamó a Alicia, su mejor amiga del instituto, y le contó lo de la fuente. También le dijo que si por casualidad la llamaba su tía para preguntarle qué había sucedido, que le dijese que todo había sido una broma de fin de curso.

—De modo —le dijo Alicia, intentando poner voz de enfado— que nos abandonas ayer y ahora quieres que te eche un cable.

—Por favor —suplicó Martina.

Y Alicia accedió:

—Está bien, pero tendrás que contarme quién es ese chico.

—Te lo contaré todo.

—¿Cuándo?

—Un día de éstos. Te llamaré.

—No se te olvide.

—Eres un cielo, Alicia. Adiós.

No obstante, a Martina le repugnaba la situación. Odiaba mentir más que otra cosa en el mundo, pero... ¿qué podía hacer? Ella no tenía la culpa de que los mayores no entendiesen las cosas de los jóvenes y, claro, no podía contarle la verdad a su tía, porque entonces las consecuencias podrían ser funestas.

Y cuando su tía regresó de comprar, le dijo:

—No me creo yo esa historia de que jugando con Alicia te caíste en una fuente.

—Puedes llamarla y preguntárselo —respondió Martina con seguridad.

—Lo haré. Además, esa ropa...

—Es de su hermana mayor, que está más gorda. La de Alicia me quedaba pequeña.

Martina sospechó que su tía no se había creído la mentira, pero, por fortuna para ella, no llamó a Alicia ni la castigó prohibiéndole la salida.

Martina se portó «estupendamente»: hizo las camas por la mañana, barrió toda la casa, limpió los cristales del salón, los azulejos de la cocina, puso la mesa y luego, después de comer, fregó los cacharros.

A las cuatro y media, de espaldas a su tía y con los ojos cerrados, dijo:

—Me voy.

Su tía dio un respingo.

—¿Adónde vas? —preguntó.

—He quedado.

—Te dejo ir con la condición de que vuelvas pronto.

—Sí.

—¿Me has oído?

—Que sí.

Cuando iba a franquear la puerta de salida, su tía gritó desde el salón:

—¡La ropa de la hermana de Alicia está húmeda todavía!

—Ya lo he visto.

—¡Dile que mañana se la devolverás!

—De acuerdo.

Y Martina, olvidando por completo una reciente operación motivada por una desgraciada caída, bajó las escaleras de tres en tres.

En los jardines del cuartel del Conde Duque la esperaba Igor, que llevaba una bolsa de plástico en la mano. Se saludaron y se sentaron en un banco.

—¿Cómo te encuentras hoy? —le preguntó enseguida Martina.

—Muy bien —respondió Igor.

—Si te hubieses visto ayer...

—Me lo imagino.

—¿Fue por mi culpa? —al hacer la pregunta, Martina agachó levemente la cabeza.

—No, soy el único responsable —contestó resuelto Igor.

—Yo pensé que al no acudir a la cita anteayer... No sé... Que te habrías enfadado.

—Tú eres libre de acudir a las citas que quieras.

—¡Pero es que no pude! —aclaró al momento Martina—. Tuve que ir de compras con mi tía, que me estaba esperando. Y no pude avisarte de ninguna manera.

—Si no tienes que darme explicaciones.

Se miraron y se sonrieron.

—Si hubieses visto lo que tuve que hacer para localizarte... —añadió Martina.

—Y me encontraste en un estado lamentable —respondió Igor—. Lo siento. Supongo que diría muchas tonterías.

—Ya lo creo. Lo que más me repetías era que habían intentado asesinarte —rió Martina.

—Eso no es una tontería.

Martina perdió de pronto su sonrisa.

—¿Ah, no?

E Igor contó detalladamente todo lo que le había ocurrido cuando dos días antes comenzó a seguir a Mónica desde la oficina de la Gran Vía hasta el portal de su casa.

Al terminar su relato, los dos jóvenes permanecieron un momento en silencio. Martina estaba totalmente confundida. No podía entender de modo alguno que alguien quisiese atropellar a Igor con un automóvil; pero aún entendía menos las sospechas de Igor, quien aseguraba que el hombre del pelo rizado y el bigote negro que los había seguido hasta aquel mismo lugar, días atrás, había sido quien intentó matarle.

Si ese hombre, como sospechaba Martina, era un detective privado pagado por los padres de Igor para vigilarle, ¿cómo iba a intentar matarle? No tenía ningún sentido. Recapacitó un momento y se preguntó por qué el día anterior no vio a aquel hombre merodeando por la casa donde se reunían a ensayar. Debería haber estado allí.

—No entiendo nada —dijo al cabo de un rato Martina.

—Ni yo tampoco.

—Pensé que ese hombre era un detective privado que te vigilaba —confesó Martina.

—¿Que me vigilaba? —se extrañó Igor.

—Sí, creía que tus padres lo habían contratado por miedo a que..., bueno..., cometieses otra locura.

Igor movió la cabeza repetidas veces de un lado a otro.

—No. Puedo entender que tú creyeses eso, pero... no. Estoy seguro, completamente seguro.

—¿Entonces?

—Creo que fue él quien intentó atropellarme.

—¿Y por qué iba a querer matarte?

—No sé —y las palabras de Igor de repente adquirieron un tono severo—. A no ser que...

—¿Qué? —Martina sintió una gran curiosidad.

—Que ese hombre del pelo rizado tenga algo que ver con Mónica, con esa oficina de la Gran Vía y con... —Igor se cortó en seco, como temiendo continuar.

—¿Con quién más? —preguntó Martina con ansiedad.

—Con Toni, tu hermano.

Se produjo un largo e intenso silencio. En la mente de Martina la confusión era ahora total. ¿Qué pretendía decirle Igor? ¿Qué tenía que ver su hermano muerto con que alguien hubiese intentado atropellarlo con un coche?

—¿Acaso insinúas que...? —iba a preguntar.

—Yo no sé nada —la cortó Igor al momento—. Pero comprenderás que haya pensado en el asunto; y lo siento si te molesto, pero fuimos a esa oficina de la Gran Vía porque tu hermano tuvo alguna relación con ella, lo mismo que con Jorge Barciela. A mí no me gusta nada esa gente, y pienso que si tu hermano tenía algo que ver con ellos, estaba metido en negocios bastante sucios, posiblemente fuera de la ley.

—¡Cómo puedes decir eso! —Martina se sintió herida en lo más hondo de su ser.

—Lo siento —Igor bajó la cabeza.

Había dicho todo lo que venía rumiando desde que se enteró de la relación entre Toni y Jorge Barciela y que no se había atrevido a decir a Martina. Pero había sido mejor así, al menos se había quedado mucho más a gusto. Y Martina, además, se rehizo al momento.

—Ya te dije una vez que lo que más deseaba era saber algo de Toni, y no me importa que ese algo sea desagradable —le dijo a Igor.

Se sonrieron con menos entusiasmo y se levantaron del banco. Entonces Igor se dio cuenta de que sostenía una bolsa de plástico entre las manos.

—¡Ah! ¡La bolsa! —exclamó.

—¿Qué llevas ahí?

—Tu ropa.

Igor abrió la bolsa y Martina introdujo su mano en ella. La ropa estaba seca y perfectamente planchada.

—No sé cómo se las habrá apañado Aurora, porque la de tu madre estaba aún húmeda cuando salí de casa.

—La habrá metido en la secadora —añadió Igor sin dar importancia al asunto, y Martina se dijo que era natural que una casa como la de Igor tuviese secadora y miles de aparatos más que ella no era capaz ni de imaginar.

Martina cogió la bolsa y echaron a andar.

—¿Adónde vamos? —preguntó Igor.

Entonces Martina recordó algo sobre lo que también había recapacitado mucho durante las últimas horas.

—Tal vez no te apetezca estar conmigo —dijo.

Igor la miró extrañado.

—¿Por qué dices eso? —preguntó.

—Supongo que sería más lógico que estuvieses con tu novia —añadió Martina.

—¿Mi novia?

—Lola.

—¿Lola?

—Ella dijo que vosotros dos os hicisteis novios el año pasado.

—Sí, nos hicimos; pero dejamos de serlo enseguida. Lola y yo somos...

—... como hermanos —continuó la frase Martina.

—Sí, eso mismo. ¿Cómo lo has adivinado?

—Intuición femenina —dijo Martina sin poder disimular cierta satisfacción.

—Pues sí, y preferimos seguir siéndolo.

Salieron del jardín y Martina se volvió, mirando con detenimiento el lugar y sus aledaños.

—¿Piensas que el hombre del pelo rizado puede estar aquí?

—No sé.

Cuando Martina se cercioró de que aquel hombre no estaba allí, le dijo a Igor:

—Vamos a casa de Mónica.

—¿Estás loca?

—Es la única persona que puede decirnos algo más. Ella sabe cosas, se le nota demasiado. Si nos presentamos de sopetón en su casa...

—¿Y si no está sola? —interrumpió Igor, a quien volvía a preocuparle alguna presencia inesperada.

—Tenemos que arriesgarnos.

Igor se quedó en silencio y, por su gesto, Martina adivinó que no se sentía muy a gusto con sus intenciones de visitar a Mónica.

—No tiene sentido —comentó.

—Entiendo que no te apetezca venir —dijo ella—. Dame las señas. Iré yo.

—¿Sola?

—Pues claro.

—No, no —rectificó Igor—. Iremos juntos.

Igor señaló a Martina la acera opuesta, y allí, sujeta a una farola por una cadena de seguridad, descubrió la motocicleta. Se dirigieron a ella y, antes de montar, Igor pidió la bolsa de ropa a Martina, abrió un pequeño maletín incorporado delante del manillar y dejó caer la bolsa en su interior, cerrándolo a continuación con llave. Luego, soltó la cadena de seguridad y subió a la motocicleta.

—Vámonos —dijo mientras arrancaba.

Martina montó detrás y se abrazó a Igor.

Descendieron hasta la plaza de España y se internaron por la calle de Bailén, primero, y la vía de San Francisco, después. Llegaron hasta la puerta de Toledo y descendieron la cuesta del mismo nombre hasta la glorieta de las Pirámides.

—Estamos llegando —se volvió Igor hacia atrás para que Martina le oyese mejor, mientras enfilaban el paseo de Yeserías—. Mónica vive enfrente de ese parque que está junto al río, en una casa moderna.

Detuvo la motocicleta, precisamente, frente a la casa moderna, en la acera opuesta. Antes de descender, miró de nuevo con mucha precaución a su alrededor.

—¿Sigues esperando encontrarte a ese hombre? —le preguntó Martina.

—No es eso, es que... —no supo responder Igor.

Descendieron los dos de la motocicleta y cruzaron la calle. Atravesaron la zona de aparcamientos y un pequeño jardín.

Llegaron al portal de Mónica y en el cajetín del portero automático buscaron su piso.

—Será mejor sorprenderla. No le daremos tiempo a reaccionar —dijo Igor, quien apretó un pulsador al azar.

—¿Quién es? —una voz metálica respondió.

—Vengo a revisar los contadores del agua —dijo Igor muy decidido, mientras Martina se tapaba la boca para no soltar una carcajada.

Se abrió la puerta.

Al fondo del portal estaban los ascensores. En uno de ellos subieron hasta la planta de Mónica, y una vez en ella se detuvieron frente a su puerta. Martina respiró profundamente, expulsando el aire a modo de soplido, y apretó el timbre. Ambos pudieron oír la campana al otro lado de la puerta y unos pasos que se acercaban. Al momento, un ruido seco de la cerradura y la puerta se abrió con decisión.

Cuando Mónica los vio frente a ella se quedó helada, sin saber qué hacer ni qué decir. Una incipiente sonrisa de bienvenida se había trocado por un gesto de perplejidad absoluta. Se encontraba muy arreglada para estar en casa y, sin embargo, llevaba como única vestimenta una especie de bata muy fina y holgada, casi sin abrochar, que dejaba al descubierto parte de su cuerpo joven y atractivo e insinuaba claramente el resto.

—Pero... —dijo al cabo de un rato—, ¿qué hacéis vosotros aquí?

—Perdona que hayamos venido sin avisar —le dijo Martina—. Queríamos hablar contigo un momento. Es importante.

—¿Quién os ha dado mi dirección?

—Yo te seguí el otro día desde la oficina de la Gran Vía hasta aquí.

—Ya entiendo... —dijo Mónica, como si supiese que Igor la había seguido.

—¿Podemos hablar contigo un momento? —preguntó Martina.

Mónica miró su reloj y movió la cabeza de un lado a otro.

—No debería... —pero los invitó a entrar con un gesto de su mano.

Pasaron hasta un salón luminoso, con una gran cristalera, a través de la cual se veía una bonita panorámica del parque, del río y de la autopista de circunvalación.

—Sólo un momento —puntualizó Mónica—. Estoy esperando a alguien y no me gustaría que os encontrase aquí.

—En realidad, lo único que pretendíamos era que nos hablases de Toni —dijo Martina.

—No podía tratarse de otra cosa, claro.

—Es que yo necesito saber algo de mi hermano.

—No lo conocí. Cuando llegué a Barcisa, él ya había muerto.

—Pero algo habrás oído decir...

—Durante mucho tiempo Toni Soriano estuvo presente en

todas las conversaciones de Barcisa y, sobre todo, en todas las discusiones. Pero, te repito: yo no estaba allí cuando Toni y Jorge Barciela trabajaban juntos.

Martina miró a Igor un instante; sintió una enorme congoja, pero siguió preguntando:

—¿Te refieres a eso de la producción de nuevos grupos musicales?

—Sí —sonrió Mónica—. A eso y a otras cosas.

—¿Qué cosas?

—¿Pornografía? —internivo Igor.

—También pornografía barata —Mónica miró a Igor y dejó que la bata le resbalase por uno de sus hombros.

Martina tragó saliva.

—¿Había más cosas? Quiero saberlo todo.

—Sí, había más —respondió Mónica—. Cosas... de más envergadura.

En ese momento sonó la campana de la puerta. Un nerviosismo enorme invadió a Mónica, que comenzó a pasear de un lado a otro de la habitación.

—¿No vas a abrir? —preguntó Martina.

—No, espero que piense que no estoy en casa y se marche, aunque tiene llave y puede abrir la puerta si quiere. Si os encuentra aquí...

—¿Quién es? —preguntó Igor, a quien de repente se le había presentado en su mente la imagen del hombre del pelo rizado y el bigote negro.

—Nino Roldán —respondió Mónica, como si todos conociesen ese nombre.

Igor y Martina se miraron confundidos.

—No lo conocemos —dijo Igor.

—Es el hombre que os recibió en Barcisa.

—¿El hombre gordo del puro...?

—Ese mismo.

En ese momento se produjo un corto silencio, que sirvió para que los tres oyesen cómo una llave era deslizada en la cerradura de la puerta de entrada y cómo ésta se abría.

—¡Mónica! —se escuchó la voz de Nino Roldán.

Mónica se cubrió el rostro con las manos.

—¡Dios mío! —exclamó.

Al instante, aquel hombre obeso, de tez reluciente y traje deformado, con una colilla de puro apagada entre sus carnosos labios rosados, apareció en el salón. Su expresión cambió radicalmente y, furioso, se dirigió a Mónica.

—¿Qué hacen aquí? —le preguntó.

—Estábamos charlando un rato, sólo eso...

Nino Roldán clavó sus ojos en los dos muchachos. Sus pobladas cejas se habían levantado, arrugando considerablemente su frente y la incipiente calva. De pronto, introdujo su mano derecha por detrás de la americana y al instante sacó una pistola.

—¡Maldita sea! —gritó fuera de sí—. ¡Os vais a arrepentir de esto!

Mónica, como una loca, se interpuso, sujetando con todas sus fuerzas a Nino Roldán.

—¡Te has vuelto loco, Nino! —le gritaba—. ¿Qué vas a hacer? ¡Suelta la pistola!

Nino Roldán se revolvió con dificultad hasta conseguir liberar uno de sus brazos. Luego, golpeó a Mónica con fuerza. La joven tropezó con una butaca y cayó al suelo. Desde allí, con su cuerpo semidesnudo y tembloroso, con un hilillo de sangre descendiéndole desde la comisura de los labios, aún gritó con todas sus fuerzas:

—¡No lo hagas, Nino!

—¡Tú no te metas en esto! —le replicó Nino Roldán en tono amenazador.

—¡Por favor, Nino! ¡No lo hagas!

Nino Roldán se acercó a Igor y Martina, encañonándolos con la pistola. Martina jamás había visto un arma tan cerca, y menos en esas condiciones. Sentía una crispación que la paralizaba por completo. La mirada, clavada en el pequeño orificio del arma, por el cual imaginaba que de un momento a otro saldría un aluvión de fuego y muerte.

—¡La próxima vez que me encuentre con vosotros os liquido! —los amenazó Nino Roldán, acercándose a ellos hasta casi tocarlos con el cañón del arma—. ¿Entendido?

Igor afirmó con la cabeza, tomó al instante a Martina de la mano y, corriendo, la sacó de la casa. Como el ascensor estaba ocupado en ese momento, también corriendo descendieron los diez pisos, cruzaron la calle y se dirigieron a la motocicleta. Sentían una inmensa sensación de alivio.

Pero cuando Igor estaba arrancando la motocicleta, Martina le agarró con fuerza de un brazo y le dijo:

—¡Mira allí! ¡Enfrente! ¡En el coche verde!

Igor buscó con la mirada el coche verde que Martina le indicaba y, al ver en su interior al hombre del pelo rizado y bigote negro, sintió que el corazón le daba un vuelco dentro del pecho.

—¡Sube! —gritó a Martina.

Y de un salto, casi a la vez, los dos subieron a la motocicleta. Igor aceleró al máximo y enfiló el paseo de Yeserías en dirección a Legazpi. Pensando que aquel enigmático hombre podía seguirlos, giró súbitamente a la izquierda y se perdieron por un pequeño laberinto de asfalto.

14

LEVANTÓ la persiana más despacio que nunca, como si temiese la luminosidad del día, que desde la calle, como un relámpago prolongado, se apoderaba de la estancia. Después, dejó caer la cabeza hacia delante, hasta apoyar la frente sobre el cristal. Permaneció en silencio mucho tiempo, observando el movimiento de la calle. Golpeó varias veces el cristal con su frente y dejó que la mirada se le perdiese entre coches y transeúntes.

Al cabo de un rato, abandonó la ventana y se dejó caer sobre los cojines amontonados, junto a la torre de discos coronada por uno de Violeta Parra que con rotulador rojo tenía escrita una frase en la portada de la carpeta, una frase que, fuera del contexto de la canción a que pertenecía, resultaba desconcertante: «Pupila de águila».

Entonces pensó en su hermano. No se lo imaginaba de modo alguno escuchando esas canciones por la noche y haciendo películas pornográficas por la mañana con Jorge Barciela. ¿Sería posible? Pero Mónica no tenía ninguna necesidad de mentirles, a ella le daba igual. Intentó superar el dolor que le producía aquella situación y se planteó si de verdad quería saber quién era su hermano y en qué asuntos andaba metido, o prefería dejarle idealizado dentro de su mente.

«Seguiré hasta el final.»

Pero al tomar aquella determinación sintió un escalofrío. ¿Seguir? ¿Y cómo? Las cosas habían adquirido un sesgo que no lograba entender. Y lo peor de todo es que había comenzado a sentir un peligro indefinido, pero muy real, a su alrededor. Ese Nino Roldán era un ser ciertamente despiadado; quizá sacó la pistola sólo para asustarlos, pero no dudaba que en otra ocasión fuese capaz de disparar con la mayor sangre fría del mundo.

«¿Matarnos? —pensó—. ¿Y por qué ese hombre iba a matarnos? ¿Qué motivos puede tener? No creo que sea un sanguinario que se divierta pegando tiros a la gente. ¿Qué le asusta de mí?»

Puso un «elepé» de Peter Gabriel, que quitó a la segunda canción, y luego otro de Police, que tampoco dejó terminar.

La tarde anterior, al despedirse de Igor, con el corazón encogido, buscó una disculpa para no quedar al día siguiente.

Martina necesitaba un poco de calma. Había vivido dos días agotadores y dudaba si podría resistir un tercero. Demasiadas emociones juntas. Quería estar sola, encerrarse con sus propios pensamientos y tratar de acercarse a ellos y, una vez más, a su hermano.

Pero ahora, de repente, sentía necesidad de hablar con Igor, de preguntarle inmediatamente algo que podía ser muy importante. Tenía el teléfono de su casa; tal vez se encontrase allí.

Descolgó el auricular y marcó el número.

—Diga —reconoció la voz de Aurora.

—Buenas tardes. Usted es Aurora, ¿verdad?

—Sí.

—Yo soy Martina, la de la ropa mojada. ¿Se acuerda?

—Sí, cómo no voy a acordarme. ¿Estás bien? ¿No pillaste un buen resfriado?

—Estoy bien. Gracias.

—¡Qué chicos! —suspiró Aurora.

—La ropa se la daré mañana a Igor. Es que...

—No te preocupes.

—¿Está él en casa?

—Sí. No ha salido esta tarde. Ahora mismo le aviso.

—Gracias.

Martina esperó unos segundos con impaciencia. La pregunta que quería hacerle a Igor se volvía cada vez más urgente en su cabeza. Necesitaba conocer su respuesta.

—¿Martina? —preguntó Igor.

—Hola. Verás..., es que de pronto se me ocurrió una cosa.

Me estaba acordando del coche verde que estaba junto a la casa de Mónica y del hombre del pelo rizado y el bigote... ¿Recuerdas si fue con ese coche con el que intentaron atropellarte?

Igor permaneció unos segundos en silencio y luego respondió con resolución:

—No, no era ese coche. Estoy seguro.

—Entonces...

—¿Qué quieres decir?

—Nada. Que a lo mejor no fue el hombre del pelo rizado y bigote quien intentó atropellarte.

—Pudo llevar otro coche.

—Sí, claro.

Los dos ahora se quedaron callados.

—¿Nos vemos mañana? —preguntó Igor.

—Sí, sí..., mañana. Adiós —y colgó.

Martina, luego, se dirigió a la torre de discos y tomó el primero de ellos, lo miró con detenimiento y pasó su dedo índice por las letras rojas de aquella frase, al tiempo que sus labios la silabeaban despacio: «Pu-pi-la-de-á-gui-la».

Y por enésima vez escuchó aquel lamento en la voz desgarrada, elemental y terrible de Violeta Parra. Y ella misma iba cantando a dúo, esperando descubrir algún oculto misterio.

Pero el milagro seguía sin producirse y el misterio se mantenía.

Descolgó de nuevo el teléfono y se aclaró la garganta tosiendo un par de veces. Luego marcó un número.

—Diga.

—Por favor, quiero hablar con Clara Cepeda, en traumatología.

Esperó unos momentos y luego pudo reconocer la voz de Clara al otro lado del hilo.

—¿Quién es?

—¿Clara? —Martina procuró disimular su voz, hablando de una forma más gutural y cubriéndose los labios con un pañuelo.

—Sí... ¿Quién eres?

—Soy Mónica —respondió Martina, conteniéndose un incipiente nerviosismo.

El tono de Clara cambió de repente. Su voz se hizo seca y cortante.

—¿Qué quieres de mí? ¡No podéis dejarme en paz de una vez! Además..., ¿quién te ha dado el número de teléfono?

—Viene en la guía... —insinuó Martina.

—Me dijisteis que no volveríais a molestarme. Díselo al cerdo de tu jefe.

El corazón de Martina le martilleaba el pecho con una fuerza inusitada. Era todo lo que deseaba saber. Si hubiese seguido un momento más con el teléfono en la mano, se habría delatado. Colgó de golpe. Se dejó caer de espaldas y dejó que, poco a poco, sus latidos fuesen recobrando la frecuencia normal.

15

—PUES... una cerveza —dijo Martina.

—Dos cervezas —solicitó Igor.

El camarero se retiró de la mesa y los dos jóvenes permanecieron un instante en silencio. Martina miraba la calle a través del cristal de una gran ventana, junto a la cual estaba situada la mesa. Igor miraba a Martina.

Al momento, el camarero estuvo de vuelta con dos copas frías de cerveza, que sirvió con ademanes rápidos y precisos.

Martina se acodó sobre la superficie de poliéster y se sujetó la cabeza con las palmas de las manos. Contempló la espuma blanca que rebosaba su copa, y luego, apurando un largo trago, observó cómo Igor también bebía con avidez.

Después, Martina le preguntó:

—¿Te acuerdas de Clara Cepeda?

—No. ¿Quién es?

—Una enfermera del hospital. Te he hablado de ella alguna vez.

—Ya recuerdo.

—Ayer la telefoneé.

Igor se sintió un poco molesto por lo que consideraba una inoportuna conversación de Martina. ¿Por qué tenía que hablarle ahora de esa enfermera, cuando él estaba preocupado por otras cosas? Martina no tenía ninguna consideración con él. Se lo dijo de mal humor.

—Oye, a mí me preocupan otras cosas en este momento. Alguien intentó atropellarme con un coche; en casa de Mónica, ese tipo gordo..., Nino Roldán..., nos encañonó con una pistola y nos amenazó de muerte... Puedes preferir ir de paseo con esa enfermera, pero yo...

—¡Déjame terminar! —le cortó bruscamente Martina, que se sintió herida por la falta de consideración de él.

Igor la miró muy serio.

—Pero... —balbuceó.

—¡Ni pero ni nada! —continuó Martina—. ¡Eres un maleducado! ¡No sabes siquiera lo que voy a decir!

Igor bajó la cabeza, sorprendido por el tono de Martina e incapaz de replicarla.

—Por extraño que te parezca —le explicó Martina—, Clara sabe algo de todo este asunto. Ella conoce a Mónica y a Nino Roldán, y creo que también conoció a mi hermano.

Igor levantó la cabeza; su rostro era la viva imagen del asombro.

—¿Qué dices?

—Lo que has oído. Sospeché desde el mismo momento en que la oí pronunciar el nombre de mi hermano. Ayer le tendí una trampa, y cayó en ella.

Entonces Martina explicó a Igor por qué, desde aquella tarde que charló con ella, había notado algo raro en esa chica tan simpática y encantadora, por cuya amistad había suspirado en varias ocasiones. Notó entonces que algo que debía de ser muy importante era celosamente guardado en su intimidad, y sólo un pequeño desliz, que a otra persona le hubiese pasado inadvertido, puso en la pista a Martina. Había observado sus ojos y todo su rostro cuando pronunció el nombre de su hermano, y había notado la emoción, el sentimiento, la turbación... Nadie pronuncia el nombre de una persona que le es indiferente con estremecimiento. Eso, sin duda, significaba algo. Y lo único cierto que podía significar era que Clara Cepeda había conocido a Toni Soriano.

—¿Estás segura? —a Igor le parecía una historia irreal, imposible...

—Tampoco yo lo podía creer, hasta ayer... —y Martina explicó a Igor la llamada de teléfono que había hecho a la enfermera haciéndose pasar por Mónica.

Igor resopló con fuerza y apuró la poca cerveza que le quedaba en la copa.

—Tómate la mía —le dijo Martina—. Yo no tengo ganas.

Y no se lo tuvo que decir dos veces, pues al momento Igor, como si fuese presa de una sed irrefrenable, tomó la copa de Martina y bebió con ansiedad.

—Cada vez entiendo menos —comentó al final del trago, en voz baja, como si hablase para sí.

—Tampoco yo entiendo gran cosa, pero me da la sensación de que de un momento a otro podremos ver con claridad y entender algo de todo esto...

—Eso espero.

Martina se quedó de nuevo embelesada, mirando a través del amplio cristal que los separaba de la calle. Igor también volvió a mirarla a ella. Le encantaba verla así, tan ensimismada, como en otro mundo: una presencia-ausencia tan bella... Ya lo había pensado en otras ocasiones, pero ahora aquel sentimiento le invadía con fuerza: Martina le gustaba y deseaba decírselo cuanto antes. Lo había intentado en alguna ocasión, pero había desistido, algo inseguro, alegándose a sí mismo que no era el momento más oportuno, o que no se encontraba en el lugar más idóneo. Pero ahora... ¡todo era perfecto! Sería tan fácil... Bastaría decirle: «me gustas tanto...», o «creo que me he enamorado de ti»...

Lo intentó.

—Martina... —dijo con dulzura.

Y Martina reaccionó como un rayo. Se volvió hacia él con los ojos iluminados y le gritó:

—¡Sólo tenemos una opción!

—¿Qué? —preguntó confuso Igor.

—¿Es que no lo entiendes? —continuó Martina—. Sólo podemos hacer una cosa.

—¿Qué cosa? —preguntó Igor, olvidándose de sus amorosas intenciones.

—Hablar con Clara.

—¡Ah, ya! —exclamó desilusionado.

—Tenemos que averiguar todo lo que sepa.

—Me parece bien..., pero ¿cómo?

—Porque Clara tiene que saber cosas —continuó Martina, indiferente—. Eso es indudable.

—Sí, sí...

—La asediaremos. No la dejaremos en ningún momento, hasta que hable.

De pronto, Igor se sintió mal por dentro. Su ánimo comenzaba a flaquear. Martina sólo era capaz de pensar en sus cosas, sobre todo en su hermano. ¡Qué obsesión! Estaba ya harto de que Toni se interpusiese constantemente entre ellos, como un fantasma de carne y hueso. Y en realidad, a él... ¿qué le importaba la historia de alguien que ha decidido tirarse con un coche por un barranco y que, según todos los indicios, debía de dedicarse a actividades poco edificantes, y quién sabe si hasta al margen de la ley? Bastantes problemas tenía para echarse encima los de los demás.

—Estoy harto —dijo secamente.

Pero Martina no debió de captar su tono agrio y malhumorado.

—Lo sé —le dijo, y le cogió las manos con dulzura y le miró a los ojos.

E Igor sonrió y se sintió de golpe muy feliz.

—Martina... —susurró—. Yo...

Pero Martina tampoco le dejó continuar.

—Clara está de servicio en estos momentos en el hospital —le dijo—. Vamos allí y la buscamos. Y cuando la tengamos delante, le decimos...

Igor desconectó sus oídos del resto de su cuerpo. Despacio, se volvió hacia el cristal y miró a través de él. Sonrió ausente. Al final de la calle, al otro lado de una pequeña plaza, vio el hospital. Se volvió a Martina.

—¿Por qué me has traído a esta cafetería? —preguntó—. Lo tenías todo preparado, ¿no es eso?

Martina trató de disculparse.

—Verás... No te lo tomes así. La verdad es que pensé que podríamos ir a ver a Clara, y luego... Perdona por no habértelo dicho desde el principio, pensaba hacerlo; pero... Es que estoy muy obsesionada con el tema. Y yo cuando me obsesiono...

Igor, al ver a Martina en aquella situación, disculpándose una y otra vez ante él, cambió de actitud.

—No te preocupes —le dijo.

—Perdóname —volvió a excusarse ella—. No tengo ningún derecho a...

Igor sonrió y esta vez fue él quien se atrevió a coger las manos de Martina entre las suyas, apretándolas con suavidad.

—Estoy tan intrigado como tú por este asunto. Además —añadió ruborizado—, todo lo tuyo me interesa a mí.

—Gracias —le dijo Martina con una mirada llena de dulzura.

Igor soltó las manos de Martina, respiró profundamente e hizo un gesto de resignación, encogiendo los hombros y arqueando las cejas.

—Vamos al hospital —dijo—, aunque yo pienso que sería mejor esperarla a la salida.

—No sale hasta las diez. No puedo quedarme tanto tiempo.

Llamaron al camarero y pagaron la consumición. Al momento, se levantaron y salieron del local. Cruzaron la calle por un lugar en que no había semáforo ni paso de peatones, y con agilidad y destreza, como si toda la vida hubiesen cruzado la calle por el mismo sitio, pasaron de un lado a otro. Descendieron hasta la placita que daba acceso al hospital y que servía de aparcamiento para el personal del centro, y entraron por la puerta principal. Atravesaron el vestíbulo hasta el lugar donde se encontraban los ascensores.

—Es preciso que Clara piense que nosotros conocemos todo respecto de ella —dijo Martina, volviéndose a Igor—. Debemos dar la impresión de que estamos al tanto de su vida.

—No será fácil.

Entonces Martina pulsó el botón de llamada de los ascensores y a los pocos segundos se abrieron las puertas metálicas, al tiempo que se encendía en un lateral una flecha ascendente. Era uno de esos ascensores grandes de los hospitales, muy largo, con cabida para una camilla y alguna persona más.

—La primera vez que te vi —dijo Martina a Igor— salías de un ascensor como éste. Me dan escalofríos sólo de pensarlo.

Igor, muy serio desde que entró en el ascensor, miraba en

silencio las paredes desnudas, salpicadas de instrucciones y de pulsadores.

Se bajaron en la cuarta planta. Y ahora fue Martina quien miró en silencio aquellos pasillos tan largos, llenos de puertas, por los que había bailado un vals a la pata coja con Clara. Se dirigieron al cuarto de enfermeras y allí preguntaron por ella.

—No está aquí —les dijo una enfermera—. En este momento se encuentra atendiendo a un paciente.

—¿Volverá pronto? —preguntó Martina.

—Sí, claro. No puede tardar ya.

—Esperaremos en la puerta.

—No, mejor esperadla aquí dentro. No se puede estar por los pasillos.

La enfermera salió y Martina e Igor se quedaron solos en el cuarto. En ambos era patente un cierto nerviosismo, que se hacía realidad en cortos paseos, en continuos movimientos de las manos y en unas miradas que escrutaban hasta el último rincón de aquella sala.

No tuvieron que esperar mucho. A los pocos minutos se abrió la puerta y entró Clara. Su gesto de sorpresa al ver a los dos jóvenes mirándola fue enorme. Dejó una bandeja con algunos utensilios sobre una mesa y se encaró con ellos.

—¡Vosotros aquí! Pero... ¿pasa algo? ¿Os habéis puesto enfermos de repente? —y trató de sonreír.

—Queríamos hablar contigo —le dijo sin más preámbulos Martina.

—¿Y no podíais esperar? Podíamos hablar en otro momento... cualquier día... Pero venir aquí cuando estoy de servicio, me parece... —Clara endureció su semblante—. Me parece... una falta de consideración tremenda.

—No podíamos esperar. Es urgente.

Clara se pasó una mano por el rostro, como presintiendo de antemano el motivo de aquella visita inesperada.

—Ya... —dijo—. Y yo tengo que estar a vuestra disposición. ¿No es eso?

Y adoptó un tono distinto que no era el suyo, un tono más serio y duro, más inflexible y arrogante. Martina, que nunca antes había visto a Clara así, se sintió de pronto algo cohibida; sin embargo, Igor intervino con resolución y seguridad, consiguiendo que sus palabras estuvieran llenas de firmeza, una firmeza que en otras ocasiones tanto trabajo le costaba conseguir.

—¡Han intentado matarme por tu culpa! —fue la primera y lapidaria frase de Igor.

—¿Qué quieres decir? —le preguntó Clara.

—Lo que has oído. Estoy vivo de milagro.

Clara dio algunos pasos rápidos por la habitación, sin rumbo.

—Sí creéis que puedo perder el tiempo con estas chiquilladas, estáis muy equivocados —dijo, tratando de cortar la conversación—. Dejad de decir tonterías y comportaos como personas mayores.

Entonces Igor, con una dureza digna de Humphrey Bogart en sus mejores películas de cine negro, añadió:

—Conocemos tu relación con Barcisa y todo lo demás. Deja ya de fingir.

Y Clara recibió todo el impacto de aquellas palabras. Se quedó en silencio, mirando a los dos muchachos sin saber qué hacer ni qué decir. Estaba completamente acorralada. Le dieron ganas de echarse a llorar, de desahogarse allí mismo, delante de aquellos dos mocosos; pero ella no era de esas que tienen el lagrimal flojo y pretenden solucionarlo todo con ríos de lágrimas. Ella era una mujer dura, muy dura. Se lo había repetido mil veces, en mil situaciones verdaderamente desagradables. Ahora tenía que aguantar el tipo, como siempre lo había hecho.

—Voy a cambiarme de ropa. Esperadme abajo si no os importa, en la puerta principal.

Los dos jóvenes se miraron y, sin decirse nada, abandonaron aquella habitación, descendieron en ascensor hasta el vestíbulo y se detuvieron junto a la puerta principal.

—Creo que lo estamos haciendo muy bien —dijo Martina—, sobre todo tú. Yo comenzaba a ponerme nerviosa.

—La que se ha puesto nerviosa de verdad ha sido Clara.

—Ya lo creo. Nunca la he visto así. Parece otra persona.

—Me da la sensación de que sabe un montón de cosas.

—Eso mismo pienso yo.

Enseguida vieron a Clara salir de los ascensores con ropa de calle y con un pequeño bolso de mano. Su semblante estaba completamente desencajado. No dejaba de mirarlos un solo instante.

—Venid conmigo —les dijo al pasar a su lado; y sin detenerse, salió al exterior.

Martina e Igor la siguieron hasta la plazoleta del aparcamiento y allí subieron a su R-5 blanco. Por un momento pensaron que iba a ponerlo en marcha y que se irían a algún lugar tranquilo y solitario para hablar; pero Clara se limitó a dejar su pequeño bolso sobre el salpicadero y a darse media vuelta, situándose frente a los dos.

—¿Queríais hablar conmigo? —preguntó.

—Sí —respondió Martina, acompañándose con un gesto expresivo de su cabeza.

—Pues adelante —continuó la enfermera, que aparentaba una gran seguridad—. ¿O pretendéis que sea yo quien empiece la conversación?

Martina se dio cuenta de que iba a resultar muy difícil mantener la sangre fría frente a una mujer como Clara; por eso evitó una conversación en regla.

—Me engañaste —le dijo—. Tú conociste a Toni Soriano, mi hermano.

Y Clara se vio desconcertada por aquella imprevista salida. Sus deseos de mantener una conversación y de ir envolviendo con sus palabras poco a poco a Martina e Igor se desvanecieron de golpe. De pronto se sentía indefensa, de nuevo acorralada, y además en su propio vehículo, que había pensado utilizar para acorralarlos a ellos. Bajó la cabeza y cerró los ojos. Cuando los abrió, se dio cuenta de que estaban llenos de lágrimas. No podía consentir que la viesen así, a nadie había permitido que la viese en semejante estado. Cogió su bolso y buscó un pañuelo de papel; pero, aunque se movió con rapidez, no pudo evitar lo inevitable, y sus mejillas se llenaron de brillos descendentes.

—Te mentí, sí —dijo.

Martina estaba profundamente emocionada y no supo preguntar más; pero no hizo falta, porque ya Clara estaba dispuesta a hablar. Continuó:

—Conocí a Toni en un momento de mi vida que prefiero olvidar. ¡Toni Soriano!... Creo que en el fondo era un buen chico, al menos el que mejores sentimientos tenía de toda aquella basura.

Y a medida que Clara hablaba, Martina iba experimentando algo verdaderamente indescriptible. Al fin alguien le estaba hablando de Toni, alguien que le había conocido, alguien que había hablado con él, que a lo mejor hasta le había tocado con sus propias manos... Y no le importaba lo que pudiese escuchar, sólo quería oír y oír aquella voz entrecortada, ahogada entre suspiros y lágrimas. Oír y oír, hasta que Toni, entero, apareciese delante de ella. ¡Y lo estaba consiguiendo!

Fue Igor quien decidió ir aclarando algunos puntos.

—¿Y cómo una chica como tú...? —comenzó una pregunta tópica que le pareció muy inapropiada y que dejó a medias.

—Ya sé... —continuó Clara—. Me lo he preguntado muchas veces y la verdad es que siempre he encontrado una respuesta. Necesitaba un trabajo.

—¿Un trabajo? ¿Sólo eso?

—¿Te parece poca cosa? Te aseguro que entonces casi toda mi vida, mi futuro, dependía de un trabajo. Necesitaba un trabajo por la mañana para poder acabar mis estudios por la tarde. Y bueno..., ya sé que ser enfermera no es nada del otro mundo; pero me gustaba. Hoy me gusta aún más e, incluso, me hace feliz. Creo que ya no podría ser otra cosa en este mundo.

—Eso está muy bien, pero...

—Barcisa me proporcionó el trabajo que tanto buscaba. Me dijeron que trabajaría como secretaria, pero enseguida me plantearon que, si quería conservar el trabajo, debería hacer otras cosas.

—¿Películas...? —preguntó Igor lleno de curiosidad.

—No, sólo fotografías, algunas fotografías que se publicarían en otros países. A cambio, mi sueldo se vería incrementado considerablemente.

—¿Y aceptaste?

Clara miró a Igor fijamente a los ojos y respondió:

—Sí.

Entonces Martina, que veía difuminarse la imagen de su hermano, volvió a intervenir:

—Háblame de Toni —dijo—. Por favor, háblame de Toni.

Pasada la crispación de los primeros momentos, todos volvieron a mostrarse como en realidad eran; incluso Clara, que había ido recobrando poco a poco su tono de voz tan característico, lleno de dulzura y musicalidad.

—Lo siento, Martina —dijo—, pero creo que no puedo decirte de Toni lo que tú esperas escuchar.

—Me da igual —replicó Martina.

—Barcisa era Jorge Barciela, el fundador de la empresa, y Toni Soriano, que, aunque no había aportado capital, se llevaba el cincuenta por ciento de los beneficios. Nunca supe por qué. Tu hermano no era como Jorge Barciela, un ser depravado y repugnante. Él procuraba mantenerse al margen de muchas cosas, aunque estuviese metido hasta el cuello en toda aquella porquería de las películas y las fotografías. Viajaba mucho. Estaba casi siempre fuera del país. Creo que él se encargaba de mantener contactos, de distribuir aquella mercancía... No lo sé con seguridad.

—¿Hablaste alguna vez con él?

—Sí, claro. Intenté acercarme a él porque le veía distinto a Jorge Barciela. Pero era inaccesible, no quería saber nada de nadie, no le interesaban los problemas ajenos. Iba a lo suyo. Su conversación siempre era de circunstancias. Sólo Lucía, esa pobre chica...

—¿Lucía? —preguntó con avidez Martina, como quien ha vislumbrado un rayo de luz.

—Te repito que no estoy enterada de todo lo que se guisaba en Barcisa. Lucía también formaba parte de la empresa a su manera, al menos con algo que de repente se puso en marcha.

—¿El qué?

—Jamás me informaron del asunto. Lo llevaban en secreto entre Jorge Barciela y Toni; bueno, y también Lucía. Parecía de cine; lo llamaban «Operación Pupila de Águila». Andaba en medio un mafioso llamado Nino Roldán...

Igor clavó los ojos en Martina. No quería perderse ni el más insignificante detalle del rostro de ella. Sabía que las palabras de Clara la habían conmovido de pies a cabeza y esperaba una respuesta de alguna manera. Pero la muchacha parecía haberse convertido en una estatua de piedra, inmóvil, sin parpadear siquiera.

—Pupila de águila... —repitió muy débilmente.

—Sí —corroboró Clara—. Jamás supe cuál era el significado de aquellas palabras.

—Forman parte de una canción de Violeta Parra —añadió Martina en el mismo tono de voz—. En el hospital te hablé de Violeta Parra.

—Sí, lo recuerdo.

—Me sé de memoria esa canción y otras muchas.

Y de pronto Martina sintió un lazo invisible y ardiente que la unía a su hermano. Y esa unión nadie podía verla ni entenderla. Era una unión enteramente suya, de ambos, de Toni y de Martina, como la que se produjo a través de tantas y tantas cartas que se cruzaron. Por fin volvían a estar juntos, en la distancia, como siempre; pero juntos, entrañablemente juntos.

—¡Pupila de águila! —exclamó Martina.

—Te aseguro que nada bueno se escondía detrás de esa frase —le advirtió Clara.

Entonces Martina abrió su bolso a toda velocidad y rebuscó entre sus cosas hasta sacar una fotografía. Era aquella que había encontrado en el piso de Toni, en la que aparecía su hermano con una chica. Se la mostró a Clara.

—¿Es ésta Lucía?

—Sí, es ella.

Y aquel rompecabezas en blanco al menos comenzaba a cobrar forma, y color, y sentido. Para entenderlo todo, bastaría con ir colocando cada pieza en su sitio.

—¿Dónde está Lucía? —preguntó enseguida Martina.

—Pues... No estoy segura.

—¿Qué quieres decir?

—No sé siquiera si vive.

—¿Y por qué no habría de vivir?

—Estaba mal.

—¿Enferma?

—Más o menos. Cuando yo la conocí no estaba mal, a pesar de que ya se drogaba bastante. Pero hace sólo unos meses me dijeron que la encontraron prácticamente muerta. La ingresaron en un centro de rehabilitación que está en la sierra. Lo más probable es que allí se recuperase lo suficiente hasta abandonar el lugar y volviese inevitablemente a la droga. Es lo que suele ocurrir.

Se produjo un tenso silencio que ninguno de los tres acertaba a romper. Al fin, Clara, cansada ya de aquella situación, que había revivido en ella escenas que deseaba olvidar para siempre, decidió cortarla tajantemente.

—Me marcho —dijo—. ¿Queréis que os lleve a alguna parte?

—No, no hace falta —respondió Martina—. Sólo me gustaría que me dieses la dirección de ese centro de rehabilitación o lo que sea, si es que la sabes.

Clara sacó un papel y anotó la dirección. Luego dibujó un croquis con la situación exacta del centro.

—El sitio se llama «El Albedro». Está en plena sierra y es algo lioso llegar. El último tramo hay que hacerlo por una pista forestal. Aquí tienes.

Martina contempló el croquis y preguntó:

—¿Cuánto se tarda en llegar?

—En coche, una hora y cuarto, poco más o menos.

—¿Y en motocicleta? Igor tiene una, pero es de poca cilindrada.

—Pues no sé; pero... ¿por qué lo preguntas? ¿No estarás pensando ir ahora?

—No, no...

—Antes de ir, pide permiso a tu tía. Sería mejor, incluso, que fueses con ella.

—Sí —Martina no estaba dispuesta a contradecir a Clara.

Los dos muchachos descendieron del coche de la enfermera y, al momento, ésta arrancó el motor, giró el volante y apretó el acelerador. El coche abandonó en unos segundos el aparcamiento del hospital.

Igor y Martina se miraron. Ella le mostró el croquis que había dibujado Clara.

—En dos horas podemos estar allí —le dijo.

Igor sonrió y se llevó las manos a la cabeza.

16

MARTINA había hecho todas las cábalas del mundo y se había convencido a sí misma de que sería posible ir hasta ese pueblo de la sierra, buscar ese centro de rehabilitación de drogadictos, hablar con Lucía, si es que se encontraba allí, y regresar a la ciudad antes de que se hiciese de noche. Tenían varias horas por delante, y aunque en una motocicleta no pueden alcanzarse altas velocidades, confiaba lograrlo con relativa facilidad. Así lo tuvo que reconocer Igor tras mucha insistencia.

—Sí, sí podemos; pero...

—Son las cinco menos cuarto. Yo tengo que regresar a casa a las diez y media como muy tarde. Tenemos casi seis horas.

—La motocicleta no corre nada, y menos, cargada con dos personas.

—A pesar de todo.

—Si te empeñas... —claudicó Igor—. A mí me da igual. Yo lo decía por ti, por evitarte una regañina de tus tíos.

Cruzaron la calle para coger la motocicleta y, sin perder un segundo, montaron en ella y salieron de la ciudad por la cercana autovía de La Coruña, que abandonaron a los pocos kilómetros, temerosos de que la policía de tráfico pudiese darles el alto. Continuaron por carreteras comarcales, dando un considerable rodeo, y sólo se detuvieron una vez en una gasolinera para llenar el depósito de combustible.

Al cabo de hora y media, llegaron al pueblo de la sierra de donde salían la carretera, primero, y el camino forestal, después, que los conducirían hasta «El Albedro».

El tramo de carretera era bastante estrecho y tortuoso, deficientemente asfaltado y apenas señalizado; pero una maravilla al fin y al cabo comparado con la pista forestal, una especie de camino ascendente lleno de rodadas de vehículos todo terreno.

La motocicleta daba tumbos y vaivenes. Martina en más de una ocasión estuvo a punto de salir disparada del asiento trasero, viéndose obligada a apretar sus rodillas contra el chasis y a asirse con fuerza al torso de Igor.

—No puede faltar mucho —la animaba él.

—Eso espero.

Y de pronto vieron el primero y el último cartel indicador, que señalaba un desvío a la derecha con una tabla de madera en forma de flecha, sobre la cual, escuetamente, se anunciaba el lugar: «El Albedro».

Tomaron el desvío y a unos doscientos metros encontraron un chalé de piedra, grande y macizo, y algunas pequeñas naves y cobertizos alrededor. Un considerable trozo de terreno circundante estaba vallado con tela metálica. Desde lejos se podía ver a algunas personas sentadas en diversos lugares o aparentemente atareadas en algo.

Se detuvieron junto a la puerta de entrada, abierta de par en par.

—¿Pasamos? —preguntó Igor.

—Sí —respondió Martina—. Vamos hasta la casa.

Pero antes de continuar la marcha, Igor miró hacia las montañas cercanas y, por primera vez, cayó en la cuenta de que el aire que acariciaba su rostro era fresco y muy agradable; el silencio estaba cargado de esos mil sonidos naturales del campo: ramas crujiendo, algún lejano cencerro de ganado, pájaros... El sol comenzaba su declive y la luz se llenaba de sombras puntiagudas y misteriosas.

Igor aceleró la motocicleta y llegaron hasta la entrada del chalé.

Había cuatro o cinco personas sentadas junto a la puerta, pero ninguna se inmutó con su llegada. Permanecieron ajenos a todo, parecía que incluso ajenos a sí mismos, a su propia presencia. Uno de ellos canturreaba una canción de moda mientras se martilleaba los muslos con los dedos de sus manos; los demás, ni eso.

Se acercaron hacia la puerta de la casa y al llegar al grupo se detuvieron un instante, como si les diese cierto reparo continuar. Entonces una joven muy delgada y con profundas ojeras los miró unos segundos y sonrió vagamente, extendió uno de sus huesudos brazos y señaló la puerta de entrada. Martina le devolvió la sonrisa con generosidad, cogió a Igor de la mano y entraron.

Enseguida les salió al paso una mujer de mediana edad, pero de aspecto muy juvenil. Su gesto se llenó de sorpresa al verlos, pues sin duda no había advertido su presencia hasta entonces.

—Hola —los saludó.

—Hola —respondió Martina—. Estamos buscando a alguien... No sé, al director, o algo así.

La mujer sonrió abiertamente.

—¿Os sirve la directora, o preferís mejor «algo así»? —les dijo.

—¿Usted es...? ¡Oh, perdón!

—Más o menos soy la directora, pero sólo más o menos.

—Perdone que hayamos entrado sin llamar, pero es que no sabíamos... —titubeó Martina—. Y como la puerta estaba abierta...

—Aquí todas las puertas están abiertas. Pero, decidme, ¿qué buscáis?

—A una chica. Somos amigos suyos y queríamos verla.

—¡Ah, estupendo! ¿Cómo se llama?

—Lucía.

—¿Lucía qué más?

Martina miró a Igor y los dos se hicieron un disimulado gesto de extrañeza.

—Bueno —continuó Martina—, aunque Lucía es amiga nuestra, no sabemos cómo se apellida.

—En realidad —añadió la directora—, en este momento sólo hay una Lucía aquí; pero dudo que os quiera ver.

Martina abrió su bolso, que llevaba colgado en bandolera, y sacó una fotografía. Se la mostró a la directora.

—¿Es ésta?

La directora se colocó unas gafas que colgaban sobre su blusa, sujetas por una cadenilla dorada, y miró con atención la foto.

—Sí —comentó con interés—. Es Lucía, pero... ¡qué cambiada está! ¿Quién la acompaña?

—Mi hermano.

—Disculpa la curiosidad.

—No importa.

La directora devolvió la fotografía a Martina y se quedó pensando unos segundos, luego hizo una seña a los dos para que la siguiesen. Mientras recorrían un pasillo, les advirtió:

—Lucía nos preocupa. Aunque ha dejado la droga, está sumida en una depresión terrible que la paraliza. Reacciona violentamente con la gente y prefiere vivir aislada. Vamos a entrar en su habitación, pero si os rechaza tendréis que marcharos sin hablar con ella. ¿De acuerdo?

A pesar de la advertencia de la directora, Martina estaba segura de que Lucía no la rechazaría. Miró la fotografía antes de guardarla en su bolso y trató de retener en su mente la imagen de aquella muchacha, tan guapa y tan risueña.

La directora los condujo hasta la habitación de Lucía y se detuvo frente a la puerta, que abrió lo suficiente para asomar la cabeza al interior. A continuación, la empujó y dejó el paso franco.

—Pasad —les dijo.

Era una habitación pequeña y oscura, pues aunque tenía una ventana, la persiana estaba bajada y las cortinas echadas.

Martina cerró los ojos unos segundos y volvió a abrirlos, para acostumbrarse al máximo a aquella penumbra. Reconoció un armario, y a su lado, un lavabo y un espejo; enfrente, una pequeña mesa de escritorio vacía, y al fondo, una cama con una persona tumbada.

La directora se acercó hasta la cama y se inclinó un poco. Oyeron perfectamente lo que decía.

—Lucía, tienes visita.

Y repitió la frase tres o cuatro veces. Pero la persona que estaba sobre la cama no reaccionaba. La directora se volvió haciendo un elocuente gesto con su cabeza, con el que quería expresar que, por lo menos, lo había intentado.

—Lo siento —les dijo, y los invitó a salir.

Martina avanzó lentamente hasta la cama. Poco a poco fue descubriendo el cuerpo de Lucía, que yacía como muerto sobre el colchón. ¡Qué aspecto tan deplorable! Sólo algunos rasgos de su cara le recordaban a la muchacha de la fotografía. Su palidez era absoluta y su aspecto general sobrecogedor. Destacaban sus ojos abiertos, hundidos en unas cuencas profundas y cárdenas, perdidos en el infinito de la pequeña habitación en penumbra.

Se agachó junto a la cabecera de la cama y pasó una de sus manos por los cabellos revueltos de Lucía. Ésta giró levemente la cabeza y se quedó mirándola.

—Lucía... —Martina era presa de una gran emoción—. Lucía... Soy la hermana de Toni.

Pero Lucía no se inmutó al oír aquellas palabras. Martina sintió en su hombro la mano de la directora y se levantó despacio, desolada. Lucía era una especie de vegetal, un cadáver que respiraba. Cuando los tres iban a salir de la habitación oyeron a sus espaldas una voz.

—¡Martina! —dijo la voz.

Se volvieron al instante y vieron cómo Lucía se levantaba de la cama tambaleándose. Martina corrió hacia ella y la sujetó. Las dos mujeres, muy cerca la una de la otra, se miraron en silencio, tratando de atravesar la penumbra y de reconocer algo que para cada una de ellas resultaba entrañable.

—Martina... —repitió Lucía, y acarició las mejillas de la muchacha—. ¡Eres tú!

Martina sentía un ahogo en el pecho que le impedía hablar. Sólo miraba a Lucía. ¡Había soñado tanto con vivir un instante así! Lucía se soltó de su brazo y caminó hasta la ventana. Abrió las cortinas y enrolló la persiana. La tarde entera, tan fresca y luminosa, penetró por aquella ventana.

Y Lucía volvió a mirar a Martina con los ojos heridos de luz, y esta vez sonrió.

—Te pareces mucho a Toni —le dijo—. Me habló tanto de ti...

Lucía cogió de la mano a Martina y la llevó hasta la ventana; allí dispuso dos sillas y la obligó a sentarse a su lado.

—Siéntate. Quiero verte bien. ¡Martina!...

Y aquellos ojos derrotados de Lucía habían adquirido de pronto un brillo intenso, un brillo que había iluminado toda su cara, dándole otra expresión. Martina rebuscó con nerviosismo en su bolso hasta encontrar la fotografía, que enseguida mostró a Lucía.

—Mira.

Lucía la miró sólo un instante y de nuevo clavó sus ojos en Martina.

—Me acuerdo de esa foto —dijo—. En realidad me acuerdo de todo.

—Me ha costado tanto trabajo dar contigo... Desde que llegué a la ciudad he buscado ansiosamente pistas de Toni. En su casa no había nada, sólo cojines por el suelo y discos, muchos discos, pero ni un solo papel, ni un solo documento que me hablase de él.

—Lo destruyeron todo —sonrió Lucía, encogiendo sus huesudos hombros.

—¿Lo destruyeron? —preguntó Martina muy intrigada.

—Querían borrarlo del mapa, como si no hubiese existido nunca. Borrarlo por completo.

Martina sintió que la conversación se estaba precipitando. A ella en realidad lo que le apetecía en ese momento era que Lucía le hablase de Toni, que le dijese cosas entrañables de él. Sin embargo, casi desde el comienzo había aparecido la palabra destrucción, y en torno a ella, inevitablemente, iba a girar todo lo demás. Era un gancho que tiraba con fuerza irresistible.

—¿Por qué? ¿Quiénes? —fueron dos preguntas que afluyeron a los labios de Martina espontáneamente.

—Toni era un ingenuo —y Lucía sonrió con dulzura—. Él pensó que podía dar marcha atrás. Pero no le dejaron.

—¿De quién hablas? —Martina no acababa de entender el significado de las palabras de Lucía.

—De ellos.

—¿Ellos?

—Sí, ellos.
—¿Quiénes son ellos?
—Asesinos.
Entonces un nombre acudió a la mente de Martina y, sin pensarlo, lo pronunció:
—¿Jorge Barciela?
—Jorge Barciela —repitió Lucía—, Nino Roldán... Ellos borraron a Toni del mapa.
Poseída por un súbito presentimiento, Martina sintió temor, un temor que cobraba forma segundo a segundo. Lucía, también a medida que la conversación avanzaba, se mostró más inquieta; sus manos se movían lenta pero constantemente, lo mismo que todo su cuerpo. Sólo sus ojos parecían inmóviles.
—¿Qué quieres decir? —preguntó al fin Martina, angustiada.
—Toni eligió el peor momento —continuó Lucía, indiferente—. La «Operación Pupila de Águila» estaba en marcha. Yo me encontraba fuera, en algún país de Suramérica, preparándolo todo.
Y de nuevo aquella tarde, por segunda vez, volvía a oír aquella frase enigmática, sacada de una canción de Violeta Parra, que había escuchado mil veces, pero que cada vez cobraba un significado más confuso.
—¿Qué quiere decir «Operación Pupila de Águila»? —preguntó Martina, ansiosa por desvelar aquel misterio.
—Es un nombre extraño. Fue Toni quien lo eligió. Creo que lo sacó de un disco. A Toni le gustaba mucho la música —Lucía permaneció unos segundos en silencio, y luego continuó ensimismada—: Yo no estaba en el país; de lo contrario... le hubiese advertido. Pero tú le habías escrito una carta diciéndole que querías estudiar en la ciudad. Y aquella carta fue el revulsivo que necesitaba. Él era así. No se dio cuenta de que la «operación» estaba ya en marcha y de que precisamente él había organizado todo. Fue una locura decir lo que dijo.
—¿Qué dijo? —preguntó con ansiedad Martina.
—Dijo: «Señores, ahí se quedan con toda su mierda, que yo me voy porque mi hermana viene a estudiar a la ciudad, y porque me doy asco» —y Lucía rió con ganas—. ¡Una locura

genial! Toni era así. Hacía tiempo que sentía asco, mucho asco; y lo peor es que lo sentía de sí mismo... Y yo no estaba en el país para ayudarle...

Lucía negó un par de veces con la cabeza. Martina sabía que tenía que decir algo para que ella continuase hablando; no podía permitir que se callase, porque tal vez no volviese a encontrar el ambiente ni la situación adecuada para continuar.

—¿Entonces...? —se limitó a preguntar.

—Entonces... —continuó Lucía en el mismo tono— ellos lo mataron. Estoy segura. Sabía demasiadas cosas para permitirle abandonar la «operación». Sé que horas antes de su muerte tuvieron una violenta discusión, que llegaron incluso a las manos... Toni se marchó y Jorge Barciela y Nino Roldán decidieron en ese momento liquidarlo. Ésa es la verdad, pero... ¿cómo demostrarlo? ¿Y para qué? Ya nada tiene sentido.

Tanto palideció Martina, que la directora de El Albedro, perpleja aún por lo que había oído, corrió a auxiliarla, lo mismo que Igor.

—¿Qué te ocurre? ¿Te sientes mal? —Igor estaba seriamente preocupado.

Entre él y la directora la levantaron de la silla y la apoyaron en el alféizar de la ventana, tratando de que el aire fresco la reanimase un poco.

—Me encuentro bien —reaccionó enseguida Martina—. Me encuentro bien...

Se volvió hacia Lucía y sus ojos volvieron a encontrarse con los de ella, más abiertos y más ausentes que nunca.

—Vámonos —le dijo a Igor.

Y salieron de la habitación.

Ya en el exterior de la casa, Martina se sintió más aliviada, como si el espacio abierto le reconfortase el ánimo. La directora de El Albedro había comenzado a mostrar un gran interés por Martina.

—Has logrado lo que yo no he conseguido en meses de trabajo —le dijo—. Tu hermano debió de ser muy importante para ella.

—Sí —se limitó a responder Martina.

—¿Cómo murió realmente?

—Su coche se cayó por un precipicio. Fue lo que dijo la policía.

—Será lo más probable. No debes hacer mucho caso a Lucía, sufre continuamente alucinaciones. Toda esa idea del crimen..., no sé, supongo que será fruto de su estado.

—Parece tan coherente... —comentó Martina, y luego para sí añadió en voz baja—: Pupila de águila...

La directora la escuchó y continuó la conversación en torno a esa frase.

—Lo de «Operación Pupila de Águila» sí es cierto, desgraciadamente. Pronto Lucía comparecerá ante los tribunales de justicia por su implicación en el asunto.

Martina sintió una gran crispación.

—Pero... ¿qué demonios significan esas palabras? —gritó muy alterada.

—Pensé que lo sabías —respondió la directora.

—¡Pues no lo sé!

—Bajo ese nombre se ocultaba una organización que introducía droga en el país —continuó la directora—. Parte de la «operación» fue descubierta por la policía y algunas personas fueron detenidas, entre ellas Lucía. Al cabo de dos meses fue puesta en libertad bajo fianza en espera de juicio. Una sobredosis la trajo aquí. Cuando llegó estaba prácticamente muerta.

—¡Qué asco! —exclamó Martina, y volviéndose a Igor añadió—: Vámonos ya, por favor. No aguanto más.

En Martina se diluyeron de golpe todas las ilusiones que había alimentado su esperanza aquella tarde, y sólo una inmensa sensación de repugnancia había ocupado el lugar vacío. Sentía que todo su ser había sido salpicado por aquella historia en la que su hermano Toni, el personaje más maravilloso del mundo, había estado metido hasta el cuello. «¡Qué asco!», se repetía una y otra vez, negándose obstinadamente a que otra idea cobrase sentido en el interior de su mente.

Igor llegó con la motocicleta y, sin perder un segundo, Martina montó en el asiento trasero.

—¡Vámonos, Igor! —gritó Martina al borde de la histeria—. ¡Vámonos de aquí!

Y salieron del lugar.

Igor acababa de mirar su reloj. Sería prácticamente imposible llegar a la ciudad antes de las diez y media, pero prefirió no decirle nada a Martina. La sintió, cálida y tensa, abrazada a su espalda.

Quedaban unos doscientos metros para llegar a la carretera comarcal. Igor, por el desnivel del camino, se veía obligado a frenar constantemente, para no alcanzar una velocidad que hiciese peligrar su integridad física en una de las múltiples irregularidades del terreno.

Al salir de una de las últimas curvas de aquella pista forestal, un coche con cristales oscuros, que permanecía oculto entre unos árboles, aceleró bruscamente, cerrando el paso a la motocicleta. Igor trató de frenar en seco, pero no había suficiente distancia para permitir el frenazo. Entonces, antes de colisionar con aquel vehículo, giró hacia la izquierda, tratando de esquivarlo. Se salió del camino y cayó en una de las cunetas, donde motocicleta y ocupantes rodaron por el suelo. A pesar de lo aparatoso de la caída, ninguno sufrió lesiones importantes, sólo alguna magulladura y algún arañazo. Igor se levantó casi al instante y corrió a auxiliar a Martina.

—¿Estás bien? ¿Te has hecho daño?

—Estoy bien —respondió Martina incorporándose, sin dejar de mirar aquel coche de cristales oscuros que seguía atravesado en el camino y del cual nadie descendía.

Igor sujetó a Martina por los hombros y los dos miraron hacia el automóvil. Fue entonces cuando él lo reconoció.

—Con ese coche intentaron atropellarme —dijo.

—¿Estas seguro?

—Completamente.

Se abrió entonces una portezuela del automóvil.

—Pues ahora sabremos quién intentó atropellarte —dijo Martina con sangre fría.

Nino Roldán, con una inevitable colilla de puro apagada entre sus carnosos labios y la frente brillante de sudor, descendió del coche. Dio unos pasos hacia ellos y enseguida sacó la pistola.

—¡Os lo advertí! —gritó.

Y con la pistola les hizo ostensibles gestos para que se acercasen al coche. Los obligó a situarse en la parte trasera, con las manos apoyadas en el capó. De uno de los bolsillos de su chaqueta sacó unas esposas y con ellas aprisionó el brazo derecho de Igor al izquierdo de Martina. Luego, abrió el maletero del coche y les gritó:

—¡Adentro! ¡Vamos, adentro!

Martina e Igor se metieron en el maletero de aquel coche que por fortuna para ellos era espacioso. Vieron cómo Nino Roldán cerró la portezuela con fuerza y sintieron cómo echaba la llave. Al momento oyeron el motor y el coche se puso en marcha con movimientos bruscos, lo que hizo que se golpeasen varias veces contra el chasis.

Igor, con la mano que le quedaba libre, comenzó a tantear las paredes de aquel pequeño habitáculo hasta que encontró un piloto con un interruptor. Lo apretó y una luz bastante intensa les permitió al menos verse.

—Tengo miedo —dijo entonces Martina.

E Igor, que compartía el mismo sentimiento, no se atrevió a confesarlo. Comprendió que de alguna manera debía dar ánimos a Martina, y eso sólo lo conseguiría haciéndose el fuerte. La situación era angustiosa y en algunos momentos la consideraba irreal, fruto de un sueño o de una alucinación.

Desde luego se trataba de una escena de película: él, apuesto y valiente protagonista, encerrado con la preciosa chica en el coche del «malo». Lo peor es que intuía que la película podía ser de esas que acaban mal.

—No se atreverá a hacernos nada. Sólo quiere volver a asustarnos —Igor trató de calmar a Martina.

Pero Martina comenzó a llorar, desconsolada. Y ni ella misma sabía si esas lágrimas eran fruto de la angustia del momento o de todas las emociones que había vivido aquella tarde; o tal vez de las dos cosas.

Igor secaba con los bordes de su camisa las mejillas de Martina.

—No se atreverá a hacernos nada.

Y se olvidó de todo y se concentró en aquel delicioso rostro atemorizado. Podía aprovechar el momento para decirle lo que sentía por ella, pero... ¿en aquel lugar?, ¿en aquellas circunstancias? Estuvo a punto de hacerlo un par de veces, pero finalmente no se atrevió, y en silencio continuó secándole las lágrimas.

—No se atreverá a hacernos nada —repetía una y otra vez.

Aunque en realidad no permanecieron más de treinta minutos encerrados en aquel maletero, el tiempo se les hizo interminable. Sintieron que el coche aminoraba la velocidad y, finalmente, después de dos o tres movimientos bruscos, se detuvo. Cuando se abrió el maletero, apenas pudieron distinguir nada, pues la oscuridad era casi total. Estaban, eso sí, en un lugar cerrado, donde sólo una débil luz lateral, procedente de otra estancia aneja, les permitía adivinar los contornos de la figura de Nino Roldán, que los encañonaba de nuevo con su pistola.

—¿A qué esperáis? ¡Fuera!

Martina e Igor salieron del maletero, tropezando en varias ocasiones y tirándose involuntariamente del brazo esposado. Se situaron a un lado del coche y luego, a instancias de Nino Roldán, se dirigieron hacia la puerta entreabierta de la que procedía la luz. La atravesaron y se encontraron en una amplia nave, en una de cuyas paredes laterales había un portón de madera cerrado. A Igor enseguida le llamó la atención aquel sitio.

—¡Por allí! —les gritó Nino Roldán, y les señaló una pequeña puerta metálica a la que se accedía por unos cuantos escalones.

Igor miraba a todas partes tratando de reconocer el lugar, pues estaba seguro de haber estado allí con anterioridad. Un rótulo en una de las paredes le aclaró todas sus dudas. El rótulo decía simplemente: BARCISA.

—Estamos en los estudios de grabación de Barcisa, en las afueras de Villalba —le dijo a Martina.

Penetraron a trompicones en una especie de despacho, tan destartalado como el resto del local. Nino Roldán obligó a Martina e Igor a sentarse en el suelo, en un rincón, y él se acomodó en una butaca giratoria tras una mesa repleta de objetos dispares. No les quitaba la vista de encima y no dejaba de jugar nerviosamente con la pistola. En un momento determinado señaló a Igor.

—Te he oído —le dijo—. De modo que has estado aquí antes...

—Sí —respondió con seguridad Igor, asumiendo de nuevo su papel de «bueno» de la película.

—Conmigo no —continuó Nino Roldán—. De modo que tuviste que hacerlo con Jorge Barciela o con Toni Soriano, ¿no es eso?

—Sí —volvió a responder Igor.

—¡Vaya, vaya! —sonrió Nino Roldán—. Empezaste muy joven. ¿Quién te introdujo? Supongo que fue el hermano de la señorita —y señaló esta vez a Martina.

—¡Se está confundiendo! —gritó Martina—. ¡Él estuvo aquí porque quería grabar un disco!

Nino Roldán soltó una estruendosa carcajada.

—¿Un disco? ¡Ja, ja, ja! ¡Ya conozco esa historia!

Martina e Igor se miraron. El miedo le sentaba estupendamente a ella, al menos eso fue lo que pensó Igor al mirarla. ¡La encontraba tan hermosa!... Pensó entonces que la película estaba llegando a su punto culminante y él, el protagonista, no podía defraudar a la chica. Quiso decirle algo realmente hermoso, pero de su garganta volvieron a salir las mismas palabras:

—No se atreverá a hacernos nada.

Entonces Nino Roldán golpeó la mesa con la culata de la pistola.

—¡Sabéis demasiado! —gritó.

—Sabemos que usted mató a Toni Soriano —Igor buscó una expresión para su rostro digna del papel que creía estar representando en aquella alocada película.

Nino Roldán, visiblemente alterado, encañonó a Igor con su pistola.

—En casa de Mónica sólo pretendí asustarte con el coche. pero ahora... acabaré con vosotros.

Igor sabía que el «bueno» de la película no podía morir así, esposado, como un animal en el matadero. Por eso, se limitó a sonreír. Miró a Martina y la encontró radiante y espléndida. Más hermosa que todas las estrellas de Hollywood juntas. Iba a decirle una frase realmente sublime, pero sólo se le ocurrió:

—No se atreverá a hacernos nada.

Con gestos violentos, Nino Roldán guardó su arma y salió de aquella pequeña estancia, cerrando la puerta por fuera.

17

ERAN las diez de la noche. Clara, delante del espejo del cuarto de baño de su casa, se arrancó otra vez la tirita que minutos antes se había colocado sobre su ceja derecha. El corte seguía sangrando. Mojó un bastoncillo de algodón en mercromina y se lo aplicó varias veces a la herida. Todo el ojo y parte de la frente estaban empezando a adquirir un alarmante tono violáceo. Se tocó con los dedos y sintió dolor. Nino Roldán la había golpeado fuerte. A continuación, se quitó la blusa y se palpó el tórax. También tenía magulladuras en las costillas y en un hombro, y en uno de sus pechos sentía dolores punzantes.

Abrió un armario-botiquín que tenía colgado en el mismo cuarto de baño y revolvió varios envases hasta que encontró una pomada, que se aplicó sobre todas las partes doloridas. Luego, volvió a ponerse la blusa, moviendo constantemente todos sus miembros, a pesar del dolor. El ojo amoratado le preocupaba especialmente. Todo el mundo le preguntaría y tendría que inventarse una caída en la bañera o algo por el estilo; además tendría que ponerse unas gafas oscuras.

—¡Maldito cerdo! —exclamó.

Volvió a mirar su reloj y salió del cuarto de baño. Se sentó en una butaca de la salita, al lado del teléfono. Estaba seriamente preocupada por Martina e Igor. Uno de los matones de Nino Roldán, que vigilaba a los muchachos, los había visto hablar con ella por la tarde. Eso había terminado de confundir a Nino Roldán, quien pensó que Martina e Igor conocían perfectamente la nueva «operación» que acababa de iniciarse, en la que estaban en juego muchos millones. Sus miedos le llevaron a pensar que aquellos dos muchachos se habían interpuesto en su vida para vengar el asesinato de Toni Soriano. Y esa parte irracional que tiene todo ser humano, pero que en Nino Roldán era casi absoluta, le llevó a la violencia desatada. En primer lugar, visitó a Clara, y a golpes le hizo reproducir la conversación que había mantenido con los muchachos. Sólo cuando la enfermera le confesó con lágrimas en los ojos y con la cara ensangrentada que tenían intención de ir a ver a Lucía, dejó de golpearla y se marchó deprisa.

Ahora Clara estaba muy preocupada, y no por ella precisamente. Sabía que Nino Roldán había salido disparado hacia El Albedro con intención de encontrarlos, y su inquietud aumentaba al no saber si realmente Martina e Igor se habían marchado hasta allí esa misma tarde. Por un lado, a Martina la había encontrado ansiosa, dispuesta a todo; pero era un viaje demasiado precipitado, no tenían mucho tiempo y sólo disponían de una lenta motocicleta. No, lo más probable es que no hubiesen ido a El Albedro, habrían esperado sin duda hasta el día siguiente para hacer el viaje con más tiempo, y Nino Roldán no los encontraría.

Eran las diez y media cuando descolgó el auricular del teléfono y marcó el número de Martina. Su tía Carmen cogió el aparato.

—¿Diga? —respondió ansiosa.

—¿Martina? —preguntó Clara.

—No ha llegado todavía —se notaba que la tía estaba ya nerviosa—. ¿Eres amiga suya?

—Sí.

—¿Y no habrá estado por casualidad contigo esta tarde?

—No.

—¡Esta chica! ¡Le tengo dicho que vuelva pronto a casa! Y fíjate, aún no ha llegado.

—No se preocupe —trató de calmarla Clara—. Se habrá entretenido y estará a punto de llegar.

—¡Pero esto se va a acabar! —continuó su tía—. ¡Ya lo creo que se va a acabar!

Clara colgó, pues no podía continuar escuchando a la tía de Martina. Sintió una enorme congoja, se puso de pie y comenzó a pasear nerviosa por la habitación. Algo tenía que hacer. ¿Pero qué? ¿Llamar a la policía? No, era demasiado arriesgado. Volverían los interrogatorios, las sospechas, los miedos... Ya se había olvidado de aquel suplicio y no estaba dispuesta a recordarlo. Pero... las vidas de Martina e Igor podían estar en peligro, pues Nino Roldán no tenía ningún escrúpulo y su máxima favorita era eliminar a todo aquel que pudiese molestarle.

Volvió a sentarse junto al teléfono y se cubrió el rostro con las manos. Por unos instantes pensó en todo lo que podía suceder si descolgaba el auricular y marcaba el número de la policía. ¿Quién iba a salir más perjudicado: Nino Roldán o ella misma? Sin duda, ella.

A pesar del negro panorama que entreveía, descolgó el auricular. Iba a marcar el número de la policía cuando sonó el timbre de la puerta. Colgó y fue a abrir. Se encontró a dos hombres: uno, alto y apuesto, con el pelo rizado y un gran bigote negro; otro, más bajo, de aspecto más corriente. El del pelo rizado tomó la iniciativa. Mostró a Clara un carné y le dijo:

—Me llamo Ernesto Casares. Mi compañero es Raúl Jiménez. Somos de la policía.

Clara no sabía cómo reaccionar, a pesar de que segundos antes su intención había sido precisamente llamar a la policía. Pensó que sería mejor dejarlos hablar a ellos.

—Pasen —les dijo, y los acomodó en la salita—. ¿Quieren tomar algo?

—No, gracias —respondió Ernesto.

—Estamos de servicio —añadió Raúl.

—¿Y qué desean de mí? —preguntó al fin Clara.

Ernesto se incorporó un poco en la butaca donde estaba sentado, hasta apoyar los antebrazos en sus rodillas. Inclinado hacia delante, y sin dejar de mirar a Clara, dijo:

—Pertenecemos a la Brigada Antidroga.

—Yo no consumo ningún tipo de droga —les salió al paso enseguida Clara.

—No estamos aquí por eso —puntualizó Raúl.

Ernesto se aclaró la garganta un par de veces y dijo:

—Hace unas semanas se me encargó revisar un caso, cuya

vista habrá de celebrarse dentro de poco. Se llamaba «Operación Pupila de Águila». Varios mafiosos, nacionales e internacionales, estaban implicados en aquel asunto. Supongo que usted habrá oído hablar del caso.

—Sí, sí —respondió Clara—. He oído hablar.

—Se consiguió desarticular aquella «operación» —continuó el policía—, en parte porque uno de los organizadores de la misma se arrepintió. Ese hombre se llamaba Toni Soriano, y murió en circunstancias algo extrañas. También habrá oído ese nombre antes.

—Sí —se limitó a responder Clara.

—Comencé mi investigación precisamente por Toni Soriano y traté de recopilar todo lo que en la comisaría había referente a él; pero resultó que su vida era una verdadera incógnita, apenas conocíamos su nombre, su domicilio y poco más. Preocupado por el tema y sin saber claramente por dónde empezar, una tarde me fui al piso que Toni Soriano tenía en la calle de Meléndez Valdés. Era simple curiosidad. Quería ver cómo era la casa, sólo por fuera, ya que para entrar hubiese necesitado un permiso judicial. Al llegar al portal, una muchacha que salía corriendo chocó contra mí. Su rostro me era familiar. Yo soy de esas personas que jamás olvidan un rostro. Enseguida caí en la cuenta de que se trataba de la hermana de Toni Soriano, a la que había visto alguna vez, meses atrás, en la comisaría con una tía suya. También ellas querían saber cosas de Toni Soriano.

Ernesto hizo una pausa, que Clara aprovechó para levantarse y coger una botella y un vaso que tenía sobre un carrito de servicio.

—Perdone, pero creo que tomaré una copa, a no ser que consideren el *whisky* como una droga.

—Por favor...

—Ha sido una broma. ¿De verdad no quieren tomar nada?

—No, no. Gracias.

Clara se sirvió la copa y volvió a sentarse. Los policías permanecían imperturbables.

—Siga, siga, por favor —dijo Clara después de beber un trago.

—Tal vez le resulte excesivamente prolijo —comentó Ernesto—, pero pensé que sería mejor explicarle todo.

—Lo que me cuenta es muy interesante.

—Bien... Yo en ese momento no disponía de ninguna pista. En realidad, no sabía ni qué hacer. Así que decidí seguir a aquella muchacha, que siempre iba acompañada por un chico más o menos de su edad: Igor del Val, hijo del famoso ingeniero.

Clara asintió con la cabeza, como si ya conociese aquella historia.

—Lo sé —dijo—. Se dieron cuenta de que usted los seguía, pero nunca sospecharon que fuese de la policía.

—Y por increíble que parezca, ellos me condujeron al meollo de todo el asunto, a una falsa empresa llamada Barcisa, y que en realidad es la tapadera de muchos negocios sucios. Hemos intentado varias veces acabar con Barcisa, pero nunca lo hemos conseguido. Actualmente está al frente de Barcisa uno de los hombres más peligrosos del país, Nino Roldán. Allí ha instalado su centro de operaciones.

Clara bebió otro trago y asintió con la cabeza.

—¿Ha oído hablar de Nino Roldán? —preguntó el policía.

—Sí —respondió la enfermera, y apuró la copa.

—Barcisa fue creada hace años por un hombre llamado Jorge Barciela, un tipo depravado, sencillamente repugnante, con numerosos antecedentes penales. Jorge Barciela fue asesinado en su casa poco después de que Toni Soriano se despeñase con su coche. El asesino no fue localizado.

Clara sintió un estremecimiento. Cayó entonces en la cuenta de que su ojo, coronado por la tirita, no debía de ofrecer buen aspecto. Trató de tapárselo disimuladamente con una mano.

—¡Qué horrible! —comentó.

Ernesto, sin inmutarse y sin cambiar de gesto siquiera, prosiguió:

—Continué vigilando a esos dos muchachos hasta que esta tarde los vi hablando con una enfermera. La cara de esa enfermera también me resultaba familiar, la había visto antes. Fui a la comisaría y revisé los documentos gráficos del caso. Y allí estaba su fotografía y su nombre: Clara Cepeda, ligada a Barcisa hasta hace un año aproximadamente.

Clara agachó la cabeza y retiró su mano del ojo amoratado. Tenía la sensación de que el mundo entero se le venía encima. Su confusión aumentó y, aunque lo intentó, no encontró la forma de salir airosa. Tenía que decir la verdad si quería ayudar a Martina e Igor, que estaba segura se hallaban en peligro. Pero... ¿era preciso decir la verdad?

Los dos policías, que aguardaban alguna revelación importante de Clara, se hallaban a la espera. Raúl decidió intervenir para romper un silencio que se le antojaba largo, e hizo una pregunta con la convicción de que la respuesta de Clara sería vaga e imprecisa.

—¿Cómo se hizo esa herida en el ojo?

Aquella pregunta acabó por decidir a Clara. Se volvió a Ernesto Casares y le dijo:

—No sólo usted vigilaba a esos muchachos.

—Sí, ya lo sé —respondió el policía—. Esta tarde, en el aparcamiento del hospital, estaba uno de los matones de Nino Roldán.

—Él me ha hecho la herida —dijo Clara, volviéndose hacia Raúl.

—¿Nino Roldán?

—Me visitó hace un rato con su matón, como ustedes le llaman. Quería saber lo que había hablado con Martina e Igor.

Clara se puso de pie y los policías la imitaron.

—Eso quiere decir que... —comenzó a reflexionar en voz alta Ernesto.

—¿Tienen coche? —los cortó Clara.

—Sí.

—Pues vámonos. Esos chicos están en peligro. Por el camino les explicaré todo.

Clara condujo a los dos policías hasta El Albedro. Por el camino les confesó todo lo que sabía, absolutamente todo: lo que había visto, oído y hecho durante el tiempo que había estado ligada a Barcisa, e incluso después.

Llegaron a El Albedro y hablaron con la directora del centro, quien les confirmó que Martina e Igor habían estado allí.

—Hace tiempo que se fueron —les dijo—. No recuerdo la hora; sobre las ocho y media, poco más o menos.

—¿Y no vino nadie más preguntando por Lucía, o por ellos? —preguntó Clara, intentando descubrir si Nino Roldán había estado allí.

—No, nadie más —añadió la directora—. Vinieron solos y se marcharon solos.

Clara trató de calmar su inquietud. Se convenció de que Nino Roldán no los había seguido hasta El Albedro y que sus temores eran infundados. Al fin y al cabo, ¿por qué un hombre como él iba a preocuparse por dos muchachitos preguntones? Sólo pretendía asustar, como siempre, porque sabía que parte de su poder consistía en infundir pánico a los demás. Y por el momento se había conformado con infundírselo a ella.

—Volvamos —dijo Ernesto—. Si no han llegado a la ciudad, estarán a punto de hacerlo.

Subieron al coche e iniciaron el regreso.

Al descender por la pista forestal hacia la carretera, en una de las últimas curvas, Raúl dio la voz de alarma.

—¡Para! —le gritó a Ernesto.

Se detuvo el coche y los tres descendieron. Tirada en la cuneta hallaron la motocicleta de Igor. Ernesto la incorporó y la examinó con detenimiento.

—Es la de Igor —dijo—. Estoy seguro.

Con una linterna examinaron las inmediaciones y pudieron ver marcadas en la tierra las rodadas de un coche grande que había salido del otro lado de la pista y se había cruzado en ella.

—Les tendieron una trampa —aseguró Raúl, y examinó detenidamente las huellas de los neumáticos, tratando de averiguar el modelo y la marca.

Clara era de nuevo presa de un gran nerviosismo. Sabía que Nino Roldán era capaz de todo, y si se había molestado en secuestrar a los muchachos, no sería con buenas intenciones.

Paseaba de un lado a otro de la pista, observando ausente a los dos policías, cuando de repente tuvo una idea.

—¡Creo que sé dónde se encuentran! —gritó.

Los policías corrieron hacia ella.

—¿Dónde? —preguntó ansioso Ernesto.

—Barcisa tenía unos estudios de grabación en Villalba. Estaban medio abandonados y en realidad servían para...

—¡Vamos hacia allí! —la interrumpió Ernesto.

Los tres se metieron en el coche a toda velocidad y partieron con dirección a Villalba.

Por el camino, Raúl dijo a Ernesto:

—Vamos a avisar a la policía de Villalba.

—¡De eso nada! —respondió Ernesto.

—Quieres llevarte tú todos los honores... —continuó Raúl en tono mucho más duro—. Pues reza porque no les haya pasado nada a esos muchachos.

—¿Qué quieres decir?

—Lo que has oído, Ernesto. Si les ha ocurrido algo se te va a caer el pelo. Y yo me encargaré de ello, te lo aseguro.

18

SE habían cansado de intentar abrir la puerta, de golpear las paredes, de pedir auxilio a voces... Aquel lugar era realmente inexpugnable. Volvieron a sentarse en el suelo y a esperar. ¿Qué otra cosa podían hacer? Y los dos, a pesar de la angustia del momento, sintieron una relajación enorme que les permitía hablar de los temas más dispares y jocosos.

—No me has dicho aún cómo se llamaba vuestro conjunto musical —le dijo Martina sonriendo.

—Ni te lo diré —respondió Igor en el mismo tono—. Deberás adivinarlo.

—¿Hipocondríacos a la Plancha?

—No.

—¿Carroñosos Perseverantes?

—Tampoco.

—Dímelo..., no seas malo.

—No.

Martina miró su reloj.

—¿Sabes qué hora es? ¡Las doce y veinte! Mi tía estará preocupadísima. Posiblemente, hasta haya avisado a la policía. A lo mejor nos está buscando la policía.

—Sí, tal vez; pero no por aquí.

—¿Tus padres habrán avisado también a la policía?

—No creo.

—¿No crees? —se sorprendió Martina.

—Quiero decir que... Bueno, a veces he llegado tarde a casa. A lo mejor piensan que estoy por ahí, con los amigos.

—¿Y a qué hora llamarán a la policía?

—No lo sé. Tal vez ni siquiera se den cuenta de que no estoy en casa. Tendrá que ser Aurora quien se lo diga.

Igor dijo estas últimas palabras con pena, y Martina, que sintió el hondo pesar de su amigo, se contagió de la tristeza, aunque le resultaba inconcebible que los padres de Igor fuesen tan indiferentes como él los describía.

—Creo que exageras —dijo—. Eres injusto con tus padres.

Igor se encogió de hombros.

—Piensa lo que quieras —respondió.

—¿Pero de verdad crees que no te quieren?

—No sé. Ellos me quieren a su manera, supongo; todo lo hacen a su manera. Y yo no quiero ser un hijo a su manera, sino a la mía. No, no se habrán dado cuenta aún de que no estoy en casa; y si Aurora les ha dicho que aún no he regresado, ellos habrán respondido: «No tardará en llegar; no se preocupe, Aurora».

Martina hizo un expresivo gesto con la cabeza y comentó:

—Lo contrario que mi tía Carmen. A estas horas se subirá por las paredes. Mi tío tendrá la cabeza a punto de estallar de tanto oírla.

—Te quieren mucho.

—También a su manera —añadió Martina, parafraseando a Igor—. A veces me gustaría que me quisiesen de otra forma.

Permanecieron un rato en silencio, pensativos. En el exterior de aquella habitación no se oía ningún ruido. Tal vez Nino Roldán se había marchado y los había dejado abandonados, como escarmiento.

—¿En qué piensas? —preguntó Martina a Igor.

—En nada —respondió éste.

—En algo pensarás.

—No.

—Es imposible no pensar en nada.

—Pues... no sé. Pensaba en que el silencio es total.

—¿Y no piensas en ninguna persona?

—¿En quién iba a pensar?

—Tus padres, Lola...

—¿Lola?

—¿Por qué no?

—Sí, podría pensar en ella, o en Aurora, o en Manu y los

demás... Sí, supongo que podría pensar en muchas cosas, en mucha gente... Aunque no estoy seguro si merecería la pena —e Igor volvió a encogerse de hombros.

Otra vez se produjo un largo silencio. A Igor no le apetecía seguir aquella conversación. En realidad nunca le habían gustado las conversaciones en las que se veía obligado a hablar de sí mismo. A menudo se sentía bloqueado, incapaz de continuar hablando y de aclarar así sus ideas al interlocutor. De esta manera, su mundo interior había ido creciendo y creciendo en extensión, y a veces toda su vida era un cauce sumergido, inaccesible a todos los demás. Y aunque él buscaba y propiciaba esta situación, en muchas ocasiones la sensación de soledad e incomunicación le producía una angustia devastadora.

Miró a Martina de reojo. No obstante, ahora tampoco le apetecía cortar de raíz el tono de aquella charla. Ese desenfado y ese saltar de un tema a otro podía venirle bien para decirle a Martina lo que tanto había pensado. El momento era propicio, y aunque el lugar no era el más bonito del mundo, la situación en que se hallaban podía dar a su declaración un romanticismo irresistible. Tenía que decirle a Martina que estaba enamorado de ella, y tenía que decírselo ya.

—Yo sólo pienso en Toni —dijo de pronto Martina, justo cuando Igor iba a arrancarse—. Es curioso, en realidad debería dejar de pensar en él, pero no puedo. Es como si se hubiese metido en mi cabeza, dentro, muy dentro...

—Ya... —fue toda la respuesta de Igor.

—Por un momento sentí repugnancia de ser su hermana —continuó Martina—, pero ahora me doy cuenta de que no era malo. Quiso dejarlo todo, ¿te das cuenta?

—Sí... —Igor siguió en plan lacónico.

—Dejarlo por mí, por su hermana que quería salir del pueblo, como él.

—Sí...

—Eso dice mucho a su favor, ¿no crees?

Pero Igor estaba enfadado porque su declaración amorosa había tenido que posponerse una vez más, y sólo porque Martina no le hacía ningún caso. Ella estaba constantemente embebida en sus pensamientos, en su mundo... Y él, era evidente, no estaba dentro de su mundo. Por eso le replicó duramente.

—Siempre es muy sencillo justificar las cosas —dijo.

—No lo estoy justificando —se defendió Martina.

—¡Lo estás haciendo! —añadió Igor, alterado—. Pero puedes seguir, al final acabarás convenciéndote a ti misma de que tu hermanito era un santo. Eso es lo que quieres.

Martina sintió rabia, mucha rabia. Iba a ponerse de pie para alejarse de quien tan duramente le hablaba, pero se dio cuenta de que estaba esposada a su brazo, y desistió. Sólo se volvió hacia él y, en el tono más duro que podía modular su voz, le dijo:

—¡Te odio!

El silencio fue a partir de entonces una losa que se interpuso entre los dos.

Al cabo de unos quince minutos, interminables minutos, la puerta metálica se abrió y apareció Nino Roldán con la pistola en una mano y una botella en la otra. Se acercó a ellos sonriente y les señaló la puerta.

—Vamos. Fuera de aquí —su aliento estaba cargado de alcohol.

Martina e Igor se levantaron lentamente. Los tres salieron de la habitación y se quedaron en medio de la nave grande. Nino Roldán volvió a acercarse a ellos y se encaró a Igor.

—¡Escúchame bien! —le gritó—. Por culpa de Toni Soriano la «Operación Pupila de Águila» se fue a la mierda. ¡Perdimos millones! No consentiré que esta preciosa jovencita, hermana de Toni Soriano, me fastidie la nueva operación, que ya está en marcha. ¿Entendido?

—Sí —respondió Igor bajando la cabeza.

Martina entonces se volvió a Igor, ausente, ensimismada.

—Pupila de águila... —dijo—. Lo que más me duele es que Toni manchase una canción tan bella.

Igor la cogió de la mano. Los dedos de ambos se entrelazaron con fuerza, casi con tanta fuerza como la de las esposas que los mantenían unidos.

—He pensado un buen rato en lo que debía hacer con vosotros —continuó Nino Roldán visiblemente borracho—. Creo que no me queda más opción que liquidaros. ¿Entendéis? ¡He dicho liquidaros!

Martina e Igor se miraron aterrorizados.

De repente, un estruendo impresionante invadió el lugar. El portón de madera, única entrada a la nave, saltó hecho trizas por los aires, en mil astillas que volaban en todas direcciones. Al mismo tiempo, envuelto en una nube de polvo y humo, un automóvil quedaba empotrado en el hueco. Todo fue visto y no visto. Del coche, a toda velocidad, pistola y linterna en las manos, descendieron Ernesto y Raúl.

—¡Policía! —gritaron—. ¡Policía! ¡Que nadie se mueva!

Igor tiró de Martina y los dos se apartaron al instante de Nino Roldán, quien, tras el desconcierto inicial, echó a correr hacia el interruptor de la luz, que estaba a pocos metros de él. Sabía que en la oscuridad tendría más posibilidades de escapar. Pero dos disparos de Ernesto le cortaron el paso.

—¡El próximo irá a dar, Nino! —le gritó el policía—. ¡No des un paso más!

Y Nino Roldán se quedó clavado en el sitio y dejó caer al suelo su pistola, derrotado. Raúl se acercó hasta él y le obligó a poner las manos en la pared, separándole el cuerpo al máximo y manteniéndolo con las piernas abiertas. Lo cacheó con detenimiento y luego lo esposó.

Martina e Igor se habían incorporado lentamente. La escena que se había desarrollado con tanta celeridad ante sus ojos no parecía real. Sin embargo, ellos habían estado allí, eso era indudable.

—¿Estáis bien? —les gritó Ernesto.

—Sí —respondieron a dúo, casi boquiabiertos, al reconocer en aquel policía al hombre del pelo rizado y el bigote negro que durante días los había seguido por todas partes.

Igor se dio cuenta de que la película estaba acabando. Aquello era el final inevitable. Pero lo peor de todo es que él había dejado de ser el protagonista. ¿Quién podía discutirle ese papel al hombre del pelo rizado y bigote negro, tan alto, tan guapo, con esa pistola desenfundada que no apartaba del derrotado «malo»? Él era un insignificante muchachito secuestrado, pretexto perfecto para que se luciera ese policía perfecto e infalible. La ficción se parecía demasiado a la realidad; o mejor, la ficción era la realidad.

Clara entró corriendo. Miraba asustada a todas partes. Al ver a los muchachos, continuó hacia ellos a la carrera. Los abrazó con todas sus fuerzas. Lloraba.

—¡Martina! ¡Igor! —decía entre sollozos—. ¿Estáis bien?

Y los muchachos, contagiados de aquella emoción, se abrazaron a la enfermera, y los tres permanecieron juntos un buen rato. Martina se separó un poco cuando vio pasar a su lado a Nino Roldán, esposado y vencido. Su aspecto era ahora bien distinto, había perdido toda su arrogancia, su tono de voz amenazador, su gesto de superioridad... ¡Todo lo había perdido! Y se había convertido en un guiñapo, en un miserable gusano que se arrastraba temeroso delante de la policía con el rostro lleno de sudor y miedo.

Martina sólo sintió al verlo que esa sensación de asco que había comenzado a percibir aquella tarde se ampliaba aún más.

—¡Qué asco! —repitió.

Raúl sacó otras esposas del automóvil en el que habían entrado en la nave tras volar el portón de madera. Hizo pasar una argolla por la cadenilla de las que ya aprisionaban al detenido y con la otra le sujetó a dos tubos del circuito de la calefacción.

—¡Quietecito! —le advirtió.

Luego, se acercó a los muchachos con una llave que había extraído del bolsillo de la chaqueta de Nino Roldán.

—¿Os encontráis bien? —les preguntó.

—Sí —respondieron a dúo.

Con aquella llave el policía les abrió las esposas. Martina e Igor pudieron separarse al fin. Tenían la sensación de que todo había terminado. Era el final inevitable de cualquier película. Igor lo sabía; sin embargo, a pesar de que habían ganado «los buenos», de que habían triunfado «la ley y el orden», no se sentía bien, y eso no debería ser así, pues se suponía que todos debían sentirse felices y contentos.

Igor miró al hombre del pelo rizado y el bigote negro. Él sí parecía sentirse muy feliz. Hablaba por teléfono, seguramente con su comisaría. Explicaba por encima lo que había pasado y recalcaba que Nino Roldán estaba detenido. Reclamaba la presencia de más policías y también hablaba de Martina y de él, asegurando que estaban bien y que alguien se pusiese en contacto con las familias respectivas para tranquilizarlas.

Cuando colgó el auricular también se acercó al grupo. Repitió la misma pregunta:

—¿Estáis bien?

—Están bien —respondió Raúl—. Has tenido suerte.

Ernesto hizo un gesto de desprecio a su compañero.

—¡Bah! No digas tonterías.

Raúl, muy enfadado, cogió a Ernesto por la solapa de la chaqueta.

—¡Escúchame! —le dijo—. Todo ha salido bien y te ganarás el reconocimiento de todo el mundo, pero eres un desgraciado. Lo único que te ha preocupado ha sido salir airoso del asunto, y has despreciado hasta la vida de estos muchachos.

—¡Suéltame! —intentó defenderse Ernesto.

—¡Los has utilizado de cebo, sin escrúpulos! ¡Te daba igual lo que les pudiese ocurrir!

—¡Déjame en paz! —intentó cortarle Ernesto, que se sentía humillado y molesto.

—¡No quiero dejarte en paz! ¡Que al menos ellos sepan la verdad! ¡Has dejado impunemente que se metiesen en la boca del lobo!

—¡Pero no ha pasado nada! ¡Y Nino Roldán está detenido!

Ernesto tiró de su chaqueta y logró soltarse de Raúl. Se alejó con paso rápido. Igor y Martina le observaron boquiabiertos. Para Igor, el «bueno» había dejado de serlo y por tanto la película se quedaba sin protagonista. Martina sintió que no podía soportar tanto asco y no pudo reprimir una náusea que le ascendió desde el estómago. Se contrajo y contuvo varias arcadas antes de vomitar.

—¡Qué asco! —repitió una vez más, mientras se limpiaba la boca con un pañuelo que le dejó Clara.

Igor miró a Martina con indiferencia. Aquella película era un verdadero disparate: además de no tener protagonista, la «chica» acababa vomitando. Y de pronto se rió de sí mismo y la película se desvaneció en su mente. Todo era tan real como la vida misma. Martina tenía razón: ¡un asco! Se acercó a Ernesto y le preguntó:

—¿Me puedo marchar ya?

—¿Marcharte? —se sorprendió el policía—. ¿Adónde vas a ir a estas horas? Vienen desde la ciudad varias patrullas. No tardarán. Hemos avisado también a tu familia. Anda, siéntate un rato y espera.

Igor hizo caso al policía. Se sentó en el suelo y de uno de sus bolsillos sacó un arrugado paquete de tabaco y un pedacito de hachís. Comenzó a preparar un porro. Raúl se le acercó.

—¿Se puede saber qué estás haciendo? —le dijo en tono duro.

—¡Déjale en paz! —intervino Ernesto.

Furioso, Raúl se volvió y se alejó del lugar, quedándose junto al detenido. Fue entonces Martina quien se acercó a Igor.

—¿Por qué, Igor? —le preguntó—. ¿Por qué ahora, aquí...?

Igor miró a Martina con desdén. A ella sólo le preocupaba que fumase porros, como a todo el mundo. Sólo eso. ¡Y ya estaba harto! Si Martina se sentía mal, él también. Aquella situación, además de darle asco, le era ajena. Todo lo había hecho por Martina, pero nada tenía que ver con el asunto. ¡Ya no aguantaba más! De pronto, se había dado cuenta de que a Martina no le importaba lo más mínimo, ella sólo le había utilizado como se utiliza a un perrito faldero. Pero cuando él había querido decirle todas esas cosas hermosas que sentía, no se lo había permitido. Estaba preocupada únicamente por descurbir quién era su hermano.

—Ya te habrás quedado a gusto —le dijo.

—No te entiendo —replicó Martina.

—Has averiguado quién era tu hermano. Era lo único que te preocupaba.

Martina se molestó por el tono que Igor empleaba con ella, pero se contuvo e intentó convencerle de que dejase de fumar.

—Tira eso, por favor.

—¡No me da la gana! —respondió Igor.

Martina estuvo a punto de estallar, pero de nuevo se contuvo.

—Pero... ¿por qué? —insistió.

Igor sonrió maliciosamente y dijo:

—¿Por qué? Es muy sencillo: porque personas como Toni Soriano se hacen ricas introduciendo droga en el país, sólo por eso. La pregunta se la deberías haber hecho a tu hermano.

Martina sintió el golpe en lo más profundo de su ser. Igor le acababa de hacer daño, mucho daño. Y era un daño que venía a acumularse a otros no menos dolorosos. Se quedó inmóvil mirándole, sin poder reaccionar. Clara, que había escuchado la conversación, se acercó a ella y la cogió del brazo, llevándosela. Antes, le dijo a Igor:

—¡No tienes derecho a hablarle de esa manera!

Igor se encogió de hombros. De nuevo volvía a encogerse de hombros. Era su gesto favorito. Tenía que olvidarse de Martina lo antes posible; quizá por eso fumaba ávidamente.

Al cabo de media hora se oyeron sirenas y llegaron varios coches de la policía. Entró mucha gente en la nave: unos vestían de paisano y otros de uniforme. Ernesto, como cerebro indiscutible de la operación, se encargó de explicar todo el asunto a dos personas que parecían sus superiores.

Varios agentes se llevaron a Nino Roldán. Ernesto y sus dos superiores se acercaron a donde estaban Martina y Clara. Ernesto señaló a Clara con su dedo índice.

—Ella es Clara Cepeda —dijo.

Martina sintió que la enfermera temblaba de pies a cabeza. Uno de los hombres que acompañaba a Ernesto le preguntó:

—¿Está dispuesta a firmar la declaración que hizo al inspector Casares?

Clara afirmó con la cabeza.

Aquel hombre llamó a un agente y le ordenó:

—Llévesela. Está detenida. Infórmele de sus derechos.

El agente sacó unas esposas y aprisionó las muñecas de Clara; luego la cogió del brazo y se dispuso a sacarla del lugar.

Martina estaba estupefacta. Había intentado encontrar los

ojos de Clara con su mirada, pero no lo había conseguido. ¿Qué significaba todo aquello? ¿Por qué se la llevaban detenida? ¿Acaso porque hacía algún tiempo había posado desnuda para un reportaje fotográfico? No. No era posible. Se agarró al brazo de Clara y le preguntó con la misma sencillez con que segundos antes había preguntado a Igor.

—¿Por qué?

Clara levantó la cabeza y miró a Martina. Su mirada había perdido toda expresión y sus ojos parecían dos pozos yermos.

—Yo maté a Jorge Barciela —dijo.

Clara no quiso añadir más. Comenzó a caminar hacia la puerta acompañada del agente.

Martina la vio desaparecer. Las últimas palabras de Clara fueron como un nuevo mazazo. Todo aquello era demasiado para un solo día. Se volvió a los policías lívida, completamente conmocionada.

—¿Es verdad lo que dice? —pudo preguntar.

Ernesto asintió con la cabeza y, como si quisiese exculpar a la enfermera, empezó a dar explicaciones a Martina:

—Cuando Clara comenzó a trabajar en el hospital, Jorge Barciela quiso aprovecharse de la situación y, valiéndose de unas fotografías que nunca habían llegado a publicarse, quiso chantajearla. Pretendía utilizar el hospital de Clara, y a ella misma, para camuflar, primero, y recuperar poco a poco, después, un gran alijo de droga que acababa de ser introducida en el país.

—Sí... —asintió Martina como un autómata.

—Clara se negó a aceptar los planes de Jorge Barciela, y éste le aseguró entonces que publicaría las fotografías.

—Sí...

—Clara acudió a casa de Jorge Barciela con ánimo de recuperar las fotografías y zanjar de una vez la cuestión. Hubo una discusión muy violenta. Jorge Barciela comenzó a pegarla y... y... Bueno, ya sabes lo que pasó después. Yo creo que Clara lo mató en defensa propia.

—Sí...

Ernesto hablaba como si el hecho de matar a una persona fuese algo natural e incluso hasta justificable.

—Jorge Barciela era un ser depravado y sin escrúpulos de ningún tipo. Si yo fuese el juez, pondría a Clara en libertad ahora mismo.

Martina se dio la vuelta y se alejó de Ernesto. No quería seguir escuchando, no quería conocer nada más... Lo único que le apetecía realmente era salir de ese lugar. ¿Por qué no se marchaba ya? ¿A qué esperaba? Vio a Igor y encaminó sus pasos hacia él, pero se detuvo en seco al verle calentar de nuevo la tableta de hachís que sostenía en la palma de la mano. Se cubrió el rostro. No quería ni siquiera ver. Sintió ganas de llorar y de vomitar, pero no pudo hacer ni una cosa ni otra. Iba a comenzar a gritar como una loca, cuando sintió una voz entrañable que la llamaba.

—¡Martina, hija!

Era su tía Carmen.

Corrió hacia ella y la abrazó con fuerza.

—¡Tía!

—¡Mi niña! —la consoló su tía—. ¡Ha sido horrible! La policía me contó todo lo sucedido mientras me traían hasta aquí. ¡Mi niña!...

Y ahora era tía Carmen la que lloraba y lloraba, dando rienda suelta a todos los temores y emociones que había contenido durante horas. Y Martina, que de pronto se sentía la mujer más fuerte del mundo, trataba de consolarla.

—Calma, tía. Ya ha pasado todo. Y ya ves, estoy perfectamente.

—¡Mi niña!... —repetía una y otra vez la tía.

Y Martina en esos instantes podía ser cualquier cosa excepto una niña. Y curiosamente ella misma se daba cuenta de ese cambio que tan rápidamente se había operado dentro de ella.

—¡Basta, tía! —le dijo de pronto—. ¡Deja ya de llorar!

Se separó de sus brazos y volvió a acercarse a Ernesto. Le dijo con firmeza:

—Yo me voy de aquí. ¿Alguien puede llevarme a la ciudad?

—Por supuesto —respondió Ernesto—. Estábamos esperando a tu tía, porque sabíamos que venía hacia aquí. Eso sí, mañana por la mañana tendrás que prestar declaración.

—Será un placer —contestó Martina con resolución—. Adiós.

Antes de volver con su tía, se acercó a Igor, que fumaba con una ansiedad angustiosa, y se agachó junto a él. Le molestó el olor penetrante que lo envolvía.

—Adiós, Igor —le dijo.

Igor estaba ya ausente, en un mundo tal vez alucinante y paradisíaco. Levantó la cabeza por unos segundos y, con los ojos perdidos en un infinito radiante, preguntó a Martina:

—¿Adónde vas?

—Ahora, a la ciudad —respondió ella—. Por la mañana, a recoger las calificaciones del instituto y a declarar en la comisaría. Por la tarde haré la maleta y me iré a mi pueblo.

—¿Tu pueblo? —sonrió Igor—. Yo sé ir a tu pueblo. Una vez me dijiste cómo hacerlo.

—Lo recuerdo.

—¿Y por qué te vas a tu pueblo?

—¡Porque necesito respirar aire puro!

Igor estaba demasiado aturdido ya. Por un momento pensó que aún no le había dicho a Martina lo enamorado que estaba; pero enseguida cayó en la cuenta de que a ella no le importaba lo más mínimo su amor. Y bueno..., le daba igual. Se encontraba tan a gusto en ese momento...

—Que te vaya bien —dijo, y su cabeza le cayó sobre el pecho sin fuerza.

—¡Igor! —Martina le llamó.

Pero Igor no respondía ya.

Martina sintió entonces la necesidad de decirle algo muy importante, algo que había comenzado a sentir desde el primer día que le conoció y que poco a poco se había ido acrecentando. Algo que no podía llevarse consigo a su pueblo.

—Te quiero, Igor —le dijo.

Y luego, pensando que Igor, indiferente a sus sentimientos, podría responderle alguna barbaridad, se levantó y corrió junto a su tía.

—¡Mi niña...! —repitió la tía—. ¡Vámonos a casa!

—Sí, tía.

Y las dos mujeres salieron de allí.

Igor tuvo que hacer un gran esfuerzo para levantar la cabeza, que le pesaba como una losa de piedra. Cuando lo consiguió, sólo pudo ver cómo Martina se alejaba inexorablemente de él. Intentó levantarse, pero ya no recordaba la forma de su cuerpo ni el límite exacto de sus contornos... ¿Qué tenía que hacer para ponerse de pie, para correr detrás de Martina, para decirle que él también la quería? Todos sus esfuerzos resultaron inútiles.

Cuando Martina estaba a punto de entrar en el coche de la policía que iba a devolverla a la ciudad, llegó un automóvil grande y moderno, muy lujoso. A toda prisa descendieron de él un hombre y una mujer de mediana edad, pero de aspecto juvenil. Pudo notar un gran nerviosismo en la mujer mientras el hombre hablaba con un agente.

—Somos los padres de Igor del Val —decía el hombre—. ¿Dónde está él?

—Dentro —respondió el agente—. Pueden pasar. Íbamos a llevarlo ahora a la ciudad...

—¿Está bien?

—Sí, sí..., no le ha ocurrido nada.

El hombre cogió a la mujer del brazo y se dispusieron a entrar en la nave por el portón destrozado.

Martina, que había observado atentamente la escena, echó a correr y alcanzó a la pareja antes de que atravesasen el umbral del portón. Se detuvo en seco frente a ellos y los miró con detenimiento. Sí, estaban preocupados, muy preocupados. Era lo que quería saber. No obstante, se lo preguntó:

—¿Están muy preocupados, verdad?

—Mucho —respondió la madre.

—Pues díganselo a él. Por favor, díganselo.

Luego, Martina se volvió al coche de la policía, hizo una seña al conductor que esperaba junto a la portezuela entreabierta y le dijo:

—Llévenos a casa, por favor.

19

No había sido una decisión repentina, y no porque desde el primer momento no hubiese sentido ganas de hacerlo; pero había algo que le decía que esperase un poco. Al principio fue su aspecto: se encontraba demasiado pálido y con ojeras, había fumado demasiado en aquella nave de Barcisa-Villalba y acabó por los suelos; la resaca fue tremenda al día siguiente y su aspecto pagó las consecuencias. Más tarde fue su propia alegría la que le retuvo; se sentía eufórico, y por experiencia sabía que las decisiones acertadas no suelen tomarse en momentos de euforia ni en momentos de depresión. Por último, volvió a asaltarle el temor: ¿y si ella había cambiado de sentimientos? Entonces recurrió a Lola.

—¿Tú qué harías?

—Irme —le respondió Lola.

—¿Estás segura?

—Pues claro.

Y Lola estaba muy contenta de verlo feliz.

Pero sólo cuando se miró al espejo y vio que su aspecto no era desagradable, cuando se sintió una persona equilibrada y cuando no dudaba ni un ápice de sus sentimientos, tomó la decisión.

Telefoneó primero a Lola y se lo dijo.

—Me voy.

—Dale un beso de mi parte —le dijo Lola.

Luego se lo dijo a Aurora, y la sirvienta le acarició el pelo y le preguntó:

—¿Se lo dirás a tus padres?

—Sí.

Y se lo dijo a sus padres. Y lo hizo de forma tan sincera y clara que los impresionó.

Una tarde se marchó a la estación y sacó un billete para el primer tren con destino a Santander. Sólo con el billete en la mano cayó en la cuenta de que no sabía a qué hora salía ese tren. Se dirigió a una oficina de información y preguntó a una señorita.

—A las veintitrés treinta —le respondió.

Miró su reloj. Faltaban casi tres horas. «Debería haber telefoneado para preguntar la hora de salida», pensó. Antes de irse de la oficina de información recordó algo y se volvió de nuevo a la señorita.

—Oiga, por favor. ¿Sabe usted cómo se llama un pueblo que hay en las montañas, antes de llegar a Santander, que huele a galletas?

La señorita se cubrió la boca con una mano para disimular su risa. Igor la miró confundido.

—No sé —respondió la azafata sin poder dejar de reír.

Igor se marchó un poco molesto. ¿Qué tenía de gracioso su pregunta? Si Martina le había dicho en una ocasión que tenía que bajarse en un pueblo que olía a galletas, debería saber cómo se llamaba aquel pueblo. Se alejó unos pasos, pero una nueva duda volvió a hacerle retroceder hasta la oficina. La señorita, al verlo, hizo un expresivo gesto con la cabeza, de esos que más o menos quieren decir: «Otra vez ese chalado».

—¿De qué vía sale el tren de Santander?

—De la cuatro.

—Gracias, señorita, es usted muy amable —dijo Igor con cierto sarcasmo.

—De nada.

Comenzó a caminar por un interminable vestíbulo del que partían escaleras mecánicas hacia distintos lugares: andenes, taquillas, cafetería, consigna... Se detuvo varias veces ante los enormes paneles de información y miró con curiosidad cómo los carteles cambiaban constantemente, anunciando tal o cual cosa. Por fin, un gran indicador le anunció la vía cuatro. Siguió la flecha y descendió por unas escaleras hasta otro vestíbulo algo más pequeño, donde otro indicador le decía de nuevo por dónde debía dirigir sus pasos para encontrar esa vía.

Después de descender por otras escaleras mecánicas se encontró por fin con la verdadera estación: vías, trenes, andenes, gente corriendo de un lado a otro, carricoches cargados de maletas, despedidas emocionadas... En la vía cuatro había un tren, pero no era el de Santander. Preguntó a un empleado que estaba junto a la máquina.

—¿No es éste el tren de Santander?

—¿Santander? —respondió el empleado, extrañado—. No, no... Estará en otra vía.

—En información me han dicho que en la cuatro.

—Pero... ¿a qué hora sale?

—A las veintitrés treinta.

—¡Coño! —exclamó el empleado—. ¡Si faltan tres horas! Pues sí que te das prisa.

Igor se había precipitado demasiado, y ahora se daba cuenta. Una simple llamada telefónica podría haber aclarado las cosas y le habría evitado una espera que prometía hacérsele larga, muy larga.

«Si al menos esto fuese la estación del Norte —pensó—, me entretendría contando los hierros de la cubierta.»

Recordó entonces que tenía que decirle a Martina que el tren de Santander no salía de la estación del Norte. Hacia allí se había dirigido después de salir de su casa, sobre las seis de la tarde, y no se podía creer lo que le aseguraba el empleado de la taquilla.

—¡Que no! ¡Que el tren de Santander no sale de aquí!

—¿Y de dónde sale entonces?

—De Chamartín.

Y había tenido que ir hasta la estación de Chamartín, en el extremo opuesto de la ciudad, cogiendo dos autobuses y tardando una barbaridad, ya que el atasco circulatorio era generalizado aquella tarde en toda la zona centro de la ciudad.

Se sentó en un banco, colocó entre las piernas la pequeña bolsa de deporte con alguna ropa que Aurora le había preparado y esperó con resignación. Al poco rato, el tren que estaba en la vía cuatro partió y poco después llegó otro por la misma vía, que tampoco iba a Santander.

La larga inactividad le hizo caer en un leve sopor que, aunque no le conducía hasta el sueño, le hacía permanecer en un agradable estado de seminconsciencia. Y así, era capaz de percibir la vida frenética de la estación, llena de ruido y de gente. Todo le parecía nuevo y a la vez grato: un espectáculo maravilloso. No le extrañaba que Martina se divirtiese así. Cuando volviesen a encontrarse, tendrían que ir de vez en cuando a las estaciones de ferrocarril. Otros van al teatro o a una discoteca. Ellos irían a las estaciones. Pero... ¿iba a querer Martina acompañarle? No estaba seguro. Ella llevaba ya casi dos semanas en su pueblo y en ese tiempo podían haber ocurrido muchas cosas: se podía haber olvidado de él, podía haber conocido a otro chico... Y una vez más, Igor se convenció a sí mismo de que, a pesar de todo, tenía que ir para decirle a Martina lo que le tenía que decir. Ya estaba harto de sus miedos, de sus indecisiones, de sus depresiones... Había decidido ser otra persona, y una de las cosas que tenía que hacer esa nueva persona era exteriorizar sus sentimientos. ¿Qué podía ocurrirle? ¿Que Martina no le hiciese ningún caso? Bueno, se sentía con fuerza suficiente para afrontar la situación. Sí, estaba seguro de que superaría un rechazo de Martina, si se producía, porque estaba dispuesto a superar muchas cosas. Sentía algo raro dentro de él, algo que le decía que ya no era como antes, que había cambiado, que tenía más fuerza, más voluntad y hasta más recursos. Se sentía un hombre nuevo. ¿Un hombre? A lo mejor era eso: simplemente, que había dejado de ser un niño.

A las 10'45 se colocó en la vía cuatro el tren de Santander. Al momento, Igor se levantó del banco y entró en él, en busca de su compartimento y de su asiento. Fue fácil localizarlos porque el tren estaba completamente vacío y nadie obstaculizaba su marcha por los pasillos. Pensó que había tenido suerte, pues su asiento estaba situado junto a la ventanilla, pero enseguida cayó en la cuenta de que el viaje sería nocturno y no podría entretenerse viendo el paisaje. Colocó su bolsa en el portaequipajes que había sobre los asientos y se acomodó. No se estaba mal. Parecía cómodo. Tal vez hasta pudiese dormir un poco.

A los pocos minutos comenzó a sentir movimiento por el tren. Los primeros pasajeros entraban cargados de maletas, sin duda dispuestos a pasar unos días felices en las playas de Santander. Muchos entraron al compartimento para verificar el número de asiento y continuaron la búsqueda pasillo adelante; sólo unos pocos se quedaron.

Frente a Igor se sentaron un hombre y una mujer de edad —no menos de setenta años—, con aire inequívoco de personas del campo: rostros curtidos, con arrugas profundas como surcos en la tierra, manos recias y castigadas, mirada sencilla de los que están acostumbrados a ver amplios paisajes naturales... Igor se acordó al verlos del abuelo de Martina, del que también alguna vez le había hablado ella. Sí, aquel hombre podía ser el abuelo de Martina. ¿Por qué no?

En el resto de los asientos del compartimento se acomodó una familia de veraneantes: padre, madre y varios hijos. Llevaban un niño pequeño dormido en un capacho e infinidad de bolsas, que trataron de colocar lo mejor posible. Los niños se asomaron a la ventanilla, pisoteando a Igor sin ningún miramiento, para despedir a unas personas que les hacían señas desde el andén.

—¡Guajes!... —exclamó el hombre viejo del campo, con una sonrisa que le hizo contraer todas las arrugas de su rostro, como un acordeón que se pliega.

A las 23'30 partió el tren.

Igor comenzó a sentir de nuevo emoción e impaciencia, sensaciones que había perdido durante la larga espera. Pronto el tren tomó la velocidad adecuada y la gran ciudad dejó de percibirse. El viaje había comenzado al fin.

Igor se entretenía imaginándose cosas de aquella pareja de viejos que tenía sentada frente a él. Se los imaginaba de un pueblo de las montañas y pensaba que, como él, no llegarían a Santander. Tal vez ellos pudiesen aclararle cuál era el pueblo que olía a galletas. A alguien tenía que preguntárselo, pero los niños alborotaban demasiado y polarizaban toda la atención de aquella pareja; además, las dos mujeres habían entablado conversación, y la del campo le decía a la otra que ella tenía muchos nietos, todos muy guapos y muy traviesos.

Al cabo de una hora, poco más o menos, las dos mujeres continuaban charlando, pero los niños se habían dormido. Igor consideró que había llegado el momento oportuno y le dijo al viejo:

—Oiga, por favor...

—¿Eh? ¿Me dices a mí? —preguntó el viejo.

—Sí, quería saber si usted... —prosiguió Igor.

—Háblame más alto. Estoy un poco sordo.

Entonces Igor se incorporó un poco en su asiento y levantó la voz.

—¿Sabe usted si pasamos por un pueblo que huele a galletas?

—¿A galletas? —preguntó el viejo como si no entendiese la pregunta.

—Sí.

—Pues claro —respondió al fin—. Allí vamos nosotros, mi señora y yo. Bueno, a un pueblo de al lado; pero allí nos bajamos.

Igor sonrió agradecido, y aquel hombre, que tal vez estaba esperando una pregunta o cualquier pretexto insignificante, se sintió con ánimos de conversar un poco, y no sólo le dijo a Igor el nombre del pueblo donde debería apearse, sino que, con el barullo propio de quien ha vivido una vida dilatada y al cabo de ella la memoria se resiste a recordar ordenadamente, le fue contando cosas de su vida, aspectos deshilvanados de una vida dura, compartida con aquella mujer que le acompañaba en el tren y que comenzaba a dar cabezadas aparatosamente.

Igor sintió cierta satisfacción al oír aquellas revelaciones, pues habían resultado ciertas sus sospechas; luego, pensó que no tenía ningún mérito haber adivinado que aquel hombre era del campo, ya que por su aspecto inconfundible hasta un tonto lo hubiese adivinado.

—No, no —negó Igor en un momento de aquella conversación—. Yo no voy a ese pueblo.

—¿Ah, no?

—Allí debo apearme, como ustedes, pero luego tengo que encontrar a pocos kilómetros otro pueblo.

—¿Cuál de ellos?

—Tampoco sé su nombre.

El viejo negó con la cabeza y sonrió. No podía entender cómo alguien podía hacer un viaje sin saber el nombre del lugar adonde quería llegar.

—Es un pueblo minero. Las escombreras forman montañas negras y las casas están tiznadas...

—¡Mi pueblo! —gritó el viejo.

Su esposa abrió un momento los ojos y le reprendió:

—¡No grites tanto! ¡Vas a despertar a las criaturas!

—Ése es mi pueblo —continuó el viejo en voz baja—. Allí tengo mi casa y mis fincas.

—¿No trabajó usted en la mina? —preguntó Igor.

—Algún tiempo, sí, pero poco. Siempre me dediqué al campo y al ganado. Me gusta ver el cielo cuando trabajo, sentir el sol, el viento, la lluvia...

Hacia las dos de la madrugada, una somnolencia, que casi nunca acababa en sueño, se apoderó del compartimento. Los ojos de los viajeros se cerraban y abrían pausadamente, bajo el peso de unos párpados que parecían haberse vuelto de piedra. También las cabezas se habían hecho más pesadas y, de vez en cuando, como si los cuellos se quebrasen repentinamente, alguna caía con brusquedad hacia delante. Sólo el viejo permanecía imperturbable, sin cambiar de postura una sola vez y con sus ojos, sus pequeños ojos cercados de arrugas, abiertos y atentos.

A las cuatro y veinte, Igor se despertó algo sobresaltado. Por fin había logrado dormir un poco, pero tal vez en sueños había imaginado que se había pasado de estación. Miró por la ventanilla: la noche era clara y el paisaje estaba lleno de siluetas tenebrosas.

—Hasta las cinco y media no llegamos —le dijo el viejo—. Puedes seguir durmiendo. Yo te avisaré.

—Gracias.

—Falta más de una hora.

Igor se levantó despacio y, sin hacer ruido, salió del compartimento. En el pasillo se estiró sin pudor. Sentía su cuerpo cansado y entumecido. Caminó hasta el extremo del vagón y buscó el servicio para refrescarse un poco. Luego, permaneció un buen rato en el pasillo, de pie, acodado en una ventanilla, observando la pequeña estación donde el tren acababa de detenerse. Cuando reanudó la marcha, volvió a su asiento. El viejo se limitó a sonreírle y él le devolvió la sonrisa. Se recostó sobre el respaldo y comenzó a pensar en la hora que llegaría al pueblo de Martina. Sería aún de noche y no sabía ni dónde vivía; tendría que preguntar a alguien.

A las cinco y veinte, el viejo dio un codazo a su mujer.

—¿Ya? —preguntó ésta, sobresaltada.

—Sí.

Los dos se pusieron de pie e Igor los imitó. Primero los ayudó a recoger su equipaje y después alcanzó su propia bolsa. Los tres, después de despedirse de la familia con la que habían hecho el viaje, salieron al pasillo y se dirigieron hasta una puerta, donde aguardaron pacientemente a que el tren se detuviese en la estación. Igor abrió la puerta y descendió en primer lugar, ayudando luego a los viejos. Cruzaron un amplio andén y al otro lado de los vestíbulos encontraron un pequeño autobús con el motor en marcha.

—Sube —le dijo el viejo.

—¿Adónde va? —preguntó Igor.

—Pues al pueblo que huele a galletas —rió el viejo—. La estación queda a unos pocos kilómetros, y a estas horas no pretenderás hacer el trayecto andando...

—No, no —e Igor subió al autobús.

Subieron también otras personas que se habían apeado en la misma estación y enseguida el autobús partió. En menos de diez minutos llegó a un pueblo grande y dormido, que a Igor se le antojó muy bonito. Paró en una gran plaza porticada e irregular, muy alargada, en uno de cuyos extremos, tras un pequeño jardín, se alzaba una iglesia con una torre grande y gallarda. Muchas casas eran de piedra y en algunas fachadas aún podían verse antiguos blasones.

Nada más descender del autobús notó Igor el olor a galleta recién cocida, que, según le explicó la mujer, provenía de una fábrica que había en las afueras del pueblo.

—Cogeremos un taxi —le dijo el viejo a Igor—. El coche de línea aún tardará en salir. Ven con nosotros, te llevaremos.

En la misma plaza cogieron uno de los tres o cuatro taxis que a esas horas esperaban a los pasajeros del tren para llevarlos a sus destinos definitivos. Salieron del pueblo y enfilaron una larguísima recta. El cielo comenzaba a clarear muy tímidamente.

—Amanecerá pronto —comentó el viejo.

Tras una serie de apretadas curvas, en las que el coche aminoró considerablemente la velocidad, volvieron a las rectas. Ya podía vislumbrarse el perfil majestuoso de las montañas recortando las tinieblas, salpicadas de pequeñas manchas blanquecinas.

—¿Hay nieve en esta época del año? —preguntó Igor.

—Algún nevero quedará —respondió el viejo.

—Sí quedan —añadió el taxista—. Este invierno nevó mucho, pero si el sol sigue calentando, no durarán una semana.

Atravesaron una línea de ferrocarril y continuaron por una llanura salpicada de pueblecitos. Al poco tiempo, volvieron a atravesar otras vías y, de golpe, se encontraron dentro de un pueblo que parecía grande.

—Ahora sí que hemos llegado —comentó el viejo.

El taxi abandonó enseguida la que parecía calle principal y giró a la derecha por una bocacalle muy empinada. Se detuvo en la segunda casa. El viejo pagó al taxista y rechazó con un elocuente gesto la intención de Igor de sacar dinero. Los cuatro descendieron del vehículo. El conductor sacó los equipajes del maletero y se volvió al coche, le dio media vuelta y, enfilando otra vez la calle principal, desapareció en unos segundos.

—¿A qué calle vas? —preguntó entonces el viejo a Igor.

—¿Éste es el pueblo de las escombreras que parecen montañas? —preguntó a su vez Igor.

—Sí, claro. Éste es —respondió algo confundido el viejo.

—Es que en realidad yo voy a otro pueblo.

—¿A otro?

—Sí, tiene que estar cerca de aquí. Hay que ascender por una carretera suave que discurre entre un bosquecillo. Al llegar, hay una ermita pequeña y... No sé..., también hay una fuente con un agua fría y muy buena que mana allí mismo.

Y el viejo, por supuesto, conocía perfectamente aquel pueblo, que estaba a tan sólo cuatro kilómetros de allí.

—¿Y por qué no lo dijiste antes? El taxi te podía haber acercado.

—No importa. Prefiero ir andando.

—¿Andando?

—Me han asegurado que el camino es muy bonito.

—Lo es, pero a estas horas... Si todavía no ha amanecido...

—No importa.

Igor se despidió de aquella pareja, que tan agradable le había resultado, y se puso en camino hacia su último destino.

Siempre ascendiendo, salió del pueblo. Tras pasar dos o tres curvas, se sintió como tragado por el bosque, pues los árboles crecían frondosos a un lado y a otro de la carretera. Se respiraba un frescor delicioso lleno de aromas que le resultaban desconocidos. Caminaba a buen paso, invadido por una creciente emoción. Por supuesto, no le quedaba ni rastro de ese sopor soñoliento que se había apoderado de él durante el viaje. Se sentía ahora completamente lúcido y despejado, como si hubiese dormido cien años y de repente hubiese despertado con ansias de vivir de golpe todo lo que se había perdido durante tan larga siesta.

El cielo iba cambiando poco a poco de color y algunas nubes incendiadas comenzaban a dejarse ver de cuando en cuando entre el follaje de los altos árboles.

De repente, y sin saber por qué, Igor comenzó a correr. Primero trotaba alegremente; pero poco a poco empezó a coger velocidad. Las ansias de llegar a aquel pueblo, de ver de nuevo a Martina, crecían en él de forma incontrolable. Y gritó al bosque:

—¡¡¡Martina!!!

Y el bosque le respondió con mil sonidos.

A pesar de la dura cuesta, no decreció su carrera. El bosque pronto comenzó a clarear y a lo lejos apareció el perfil chato de un pueblo, ante un majestuoso bastión de altas montañas recortadas por una luz pajiza y fantasmagórica. Igor corría como un loco por aquel asfalto humedecido por el rocío. Todo iba cobrando forma a su alrededor y el espectáculo era grandioso, a pesar de producirse con la misma sencillez de siglos.

Llegó al pueblo cansado y feliz, con la respiración entrecortada. Pasó las primeras casas y se encontró en una especie de plaza, que en realidad era un gran ensanchamiento de la carretera. Allí estaba la fuente, con sus caños de hierro y sus poyos de piedra. Miró a su alrededor. Un débil color iba apoderándose de aquel pueblecito. No había nadie por la calle, todos dormían aún. Se agachó a la fuente y se refrescó la cara y el cuello. Luego bebió un trago de aquella agua helada.

¿Dónde estaba Martina? Aunque no sabía en qué casa vivía, la sintió muy próxima.

El corazón le latía con fuerza, y ya no era por la carrera. De pronto se dio cuenta de que no podía esperar a que aquel pueblo se despertase, tendría que despertarlo él. Gritó con todas sus fuerzas:

—¡¡¡Martina!!!

Gritó en una dirección, y en otra, y en todas, colocando sus manos alrededor de su boca:

—¡¡¡Martina!!! ¡¡¡Martina!!!

Estaba fuera de sí, pero la sentía tan cerca, tan próxima...

—¡¡¡Martina!!!

Algunas ventanas entreabrieron una pequeña rendija, en otras se encendieron luces.

—¡¡¡Martina!!! —todo su ser le salía por la garganta—. ¡¡¡Martina!!!

Y de pronto se abrió una ventana de par en par, y una muchacha con el pelo revuelto y cara de sueño se asomó por ella. Sus ojos se iluminaron como si hubiesen contemplado algo increíble y maravilloso.

—¡Igor! —gritó la muchacha.

E Igor se colocó debajo de aquella ventana sonriendo.

—He venido a decirte que el tren de Santander no se coge en la estación del Norte —le dijo a Martina, con esa sonrisa que se había fosilizado en sus labios.

Y Martina echó a correr. Cruzó la habitación, bajó las viejas escaleras de madera de cuatro en cuatro, abrió la puerta de la calle y, descalza y en pijama, corrió hacia Igor.

—Pero... ¿qué haces aquí? —le dijo emocionada.

—Tenía que decirte lo de la estación.

Martina se echó a reír.

—¡Pero si ya lo sé! Lo que pasa es que la estación del Norte es la que más me gusta, por eso voy allí —y Martina se llevó las manos a la cara—. ¡Estás loco!

Igor se encogió de hombros.

—Quería decirte otra cosa, además.

—¿A estas horas?

—No podía esperar.

—Pues dímela.

—Que te quiero.

—¿Que me quieres? —la emoción de Martina se exteriorizaba en una risa que no podía frenar.

—¡Que te quiero! ¿De qué te ríes?

—De nada. Yo también te quiero a ti.

Y Martina se echó a los brazos de Igor. Y se abrazaron y besaron ante todo un pueblo que miraba tras los visillos. Y el Sol quiso unirse a los vecinos del pueblo y, con ellos, sentir envidia de una escena tan hermosa; por eso, tímidamente, comenzó a asomarse por entre las altas montañas.

Madrid, invierno de 1986/87.